www.ingramcontent.com/pod-product-compliance
Lightning Source LLC
LaVergne TN
LVHW020443070526
838199LV00063B/4841
9789358727968

ٹیڈی بیئر

(افسانے)

ترنم ریاض

© Tarannum Riyaz
Teddy Bear (Urdu Short Stories)
by: Tarannum Riyaz
Edition: April '2024
Publisher :
Taemeer Publications LLC (Michigan, USA / Hyderabad, India)

ISBN 978-93-5872-796-8
9 789358 727968

مصنفہ یا ناشر کی پیشگی اجازت کے بغیر اس کتاب کا کوئی بھی حصہ کسی بھی شکل میں بشمول ویب سائٹ پر اَپ لوڈنگ کے لیے استعمال نہ کیا جائے۔ نیز اس کتاب پر کسی بھی قسم کے تنازع کو نمٹانے کا اختیار صرف حیدرآباد (تلنگانہ) کی عدلیہ کو ہو گا۔

© ترنم ریاض

کتاب	:	**ٹیڈی بیئر** (افسانے)
مصنفہ	:	**ترنم ریاض**
پروف ریڈنگ / تدوین	:	اعجاز عبید
صنف	:	فکشن
ناشر	:	تعمیر پبلی کیشنز (حیدرآباد، انڈیا)
سالِ اشاعت	:	۲۰۲۴ء
صفحات	:	۱۲۴
سرورق ڈیزائن	:	تعمیر ویب ڈیزائن

فہرست

(۱)	کشتی	6
(۲)	ٹیڈی بیئر	21
(۳)	میرا کے شام	37
(۴)	ایسے مانوس صیاد سے۔۔۔	64
(۵)	رنگ	76
(۶)	تجربہ گاہ	81
(۷)	بی بی	91
(۸)	ہم تو ڈوبے ہیں صنم۔۔۔	97
(۹)	مجسمہ	107

کشتی

"ارے ہٹو۔۔۔ ہٹو۔۔۔ ہٹو بھائی۔۔۔ ایک طرف ہو جاؤ۔"

ٹیلیفون بوتھ کے پاس کھڑے کچھ لوگوں میں سے ایک ادھیڑ عمر شخص نے باقی چار چھ لوگوں کو ہاتھوں سے ذرا ذرا سا پرے کرتے ہوئے نو وارد کے چہرے کی طرف بڑے خوش آمدانہ انداز میں دیکھتے ہوئے اس کے لیے راستہ بنایا۔

"نہیں نہیں۔ میں اپنی باری سے فون کر لوں گا۔" آنے والے نوجوان نے لوگوں کی طرف دیکھ کر کہا۔ "پلیز، ایسی کوئی بات نہیں۔۔۔ آپ لوگ تو مجھ سے پہلے کے کھڑے ہیں۔"

نوجوان کا رنگ سانولا تھا، جسم صحت مند۔ وردی پہنے وہ خاصہ چاق و چوبند نظر آ رہا تھا۔ اس نے ارد گرد نگاہ دوڑائی تو اس کی نظر ایک جگہ پر رکی رہ گئی۔ دو آدمیوں نے ایک آٹھ نو سالہ لڑکے کو گود میں لے رکھا تھا۔ ٹانگیں تھام رکھنے والے شخص کے سفید پائجامے پر بچّے کے جسم سے رسنے والے خون کے دھبے بڑے ہوتے جا رہے تھے۔ نوجوان گھبرا کر بچّے کے قریب آ گیا۔

"آپ پلیز جلدی کیجئے۔ کسے فون کرنا ہے، اس نے ایک کندھے سے لٹکی بندوق اتار کر دوسرے کندھے پر رکھی اور ٹیلی فون بوتھ کی طرف لپکا۔

"نمبر بتایئے۔ میں کرتا ہوں ڈائل۔ خون بہہ رہا ہے۔ جلدی۔"

"مگر صاب جی۔" ادھیڑ عمر کا شخص کچھ کہنے لگا تھا کہ بندوق پر اس کا ہاتھ دیکھ کر باقی لوگوں کی طرح وہ بھی پل بھر کے لیے ٹھٹھک گیا مگر اب اس کے چہرے پر اطمینان کی جھلک سی نظر آرہی تھی۔ اس نے آگے کچھ نہ کہہ کر نمبر بتایا۔

نوجوان نمبر ملا چکا تو اس شخص نے آگے بڑھ کر اپنی علاقائی زبان میں کچھ کہا، اور بچّے کے قریب لوٹ آیا۔ بندوق بردار نوجوان نے دوبارہ ان لوگوں کی جانب نگاہ ڈالی کہ شاید کسی اور کو فون کرنا ہو۔ مگر کسی کو متوجہ نہ پاکر وہ فون کی طرف پلٹا۔

دور سے کوئی عورت تیز تیز قدم اٹھاتی ٹیلیفون بوتھ کی طرف آرہی تھی۔ فون کے پاس بندوق بردار نوجوان دیکھ کر رک گئی اور باقی لوگوں کو دیکھنے لگی۔

"کک۔۔۔ کیا ہوا؟ خون دیکھ کر اس نے جانے کس سے پوچھا تھا۔ پاؤں پکڑنے والے کی پوری ٹانگ سرخ ہوگئی تھی۔

"تم لوگ کھڑے ہو۔ کچھ زخم پر باندھا بھی نہیں۔ اسپتال لے جاؤنا۔ ایسے تو سارا خون۔۔۔"

عورت نے ایک جھٹکے میں رومال نما مربع ساخت کا دوپٹہ کھینچا جو اس کے ماتھے سے ہوتا ہوا سر کے پچھلے حصّے تک چلا گیا تھا اور وہاں اس نے اس میں ڈھیلی سی گرہ ڈال رکھی تھی۔ اس نے دوپٹے کو پھاڑ کر دو حصوں میں تقسیم کیا۔

"ہم لوگ بس گاڑی کا انتظار کر رہے ہیں۔ آگے کرفیو ہے۔ وہ گھر سے نکل چکے ہیں۔ راستے میں تلاشیاں ہو رہی ہوں گی۔ رکنا پڑ رہا ہوگا انھیں بار بار۔"

ادھیڑ عمر شخص نے بچّے کی پتلون نیچے کو سرکائی۔ عورت اس کی ران پر پٹّی باندھنے لگی تو باوردی بندوق بردار نوجوان آگے بڑھ کر ان کی مدد کرنے لگا۔ اسے نزدیک آتا دیکھ کر لوگوں کی نظروں میں لمحہ بھر پہلے جو خوف ابھر آیا تھا وہ اسے بچّے کے قریب دیکھ کر

دور ہو گیا تھا۔ عورت کا سرخ و سفید چہرہ بھی پل بھر پہلے پیلا پڑ رہا تھا۔ لیکن اب وہ بھی مطمئن سی تھی۔ سب لوگ بندوق بردار نوجوان کو پٹّی باندھتا دیکھ کر کچھ ایسے حیرت زدہ تھے جیسے کوئی عجیب و غریب بات وقوع پذیر ہو رہی ہو۔

اس نے کمالِ مہارت سے بچّے کے زخم پر دوپٹہ باندھ دیا تھا کہ پہلے سے بندھے رومال کی طرح دوپٹہ بالکل سرخ نہیں ہوا، بلکہ کچھ ہی دیر بعد کافی وقت سے بے ہوش بچہ دھیمی آواز میں کراہنے لگا تھا۔

"کمال ہے۔ ان میں ایسے لوگ بھی ہیں۔؟" کسی نے سرگوشی کی۔ باوردی نوجوان یہ زبان نہیں جانتا تھا۔ وہ بچّے کو دیکھ رہا تھا۔

قریب کی مسجد سے اذان کی آواز بلند ہوئی۔ عورت نے رومال نما دوپٹے کے نصف مستطیل ٹکڑے کو سر پر مزید درست کیا۔

سب لوگ خاموشی سے سڑک کی طرف دیکھ رہے تھے جہاں سے کسی گاڑی کے آنے کی توقع تھی۔

عورت نے سیدھے ہاتھ سے اپنے پھرن کی جیب میں کچھ ٹٹولا۔ جیب سے کسی چیز کے کھنکنے کی آواز آئی۔

"آپ اس وقت کیوں باہر آئیں ہمشیرہ؟" ایک شخص نے پوچھا۔ "حالات اور خراب ہو گئے ہیں۔ اس طرف بھی کرفیو لگنے والا ہو گا۔ جانے کس احمق نے ان جانوروں کی طرف گولہ پھینکا، جو ہمارے قریب پھٹا۔ میرے دوست کا بھانجا ہے یہ۔ زخمی ہو گیا غریب۔"

اس نے بچّے کا دھڑ تھامنے والے شخص کی طرف دیکھ کر کہا۔

"ان لوگوں کو تو بہانہ چاہئے۔ آپ فوراً گھر چلی جائیں۔"

"مجھے فون کرنا ہے۔ میرا شوہر دریا پار چائے انڈے بیچتا ہے۔ دوپہر میں کھانے کے لیے آیا ہی نہیں۔ پریشان ہو رہی ہوں۔ بچّوں کو باہر سے تالا لگا کر آئی ہوں۔ چابیاں ساتھ ہیں میرے۔"

عورت نے جیب سے چابیوں کا گچھا نکالا اور دوبارہ جیب میں رکھ لیا۔ عورت کے ہاتھوں کی اوپری جلد کھردری اور کہیں کہیں سے چاک ہوگئی تھی مگر ہتھیلی پھول کی طرح ملائم تھی۔ اس نے گھٹنوں سے ذرا اوپر تک کی لمبائی کا ہلکے رنگوں کی چھینٹ والے کسی موٹے کپڑے کا پھرن پہن رکھا تھا۔ کرتے کی کاٹ کا نسبتاً چوڑا، چغہ نما پیرہن، اتنا کھلا کہ اگر ہاتھ آستینوں کے اندر سے کھینچ کر جسم سے لگا لیے جائیں، یا سوکھی جھاڑیوں کی آگ سے بھرے مٹی کے پیالے کے گرد بید کی نرم ہری ٹہنیوں سے بُنی گئی کانگڑی اس کے اندر رکھ لی جائے جب بھی اس پیرہن کی تنگی کا احساس نہ ہو۔ پھرن کے ساتھ اس نے نیم تنگ پائنچوں والی اسی چھینٹ کی شلوار پہن رکھی تھی۔ اس کے پیروں کی جلد بھی گلابی تھی مگر ایڑیوں کے آس پاس کی سخت کھال میں چھوٹی بڑی دراڑیں پڑی ہوئی تھیں۔

گاڑی آگئی تھی۔ کارواں بچّے کو لے کر کسی طرف چل پڑا تھا۔ بندوق بردار باوردی نوجوان ٹیلیفون پر کوئی نمبر ملانے کی کوشش کر رہا تھا۔

"دور کہیں زور سے بادل گرجے تو عورت نے چونک کر آسمان کی جانب نظر اٹھائی۔ لمبی سڑک کے اس پار کوہِ سلیمان کی پہاڑی کے ٹیلے کے بالکل اوپر، آسمان کے کنارے پر تازہ برف کے تودوں جیسے سفید بادل دھیمی رفتار میں محوِ پرواز اسی طرف آرہے تھے۔ ابر کا ایک بڑا سا گالا پہاڑی کی چوٹی پر ایستادہ، شنکر آچاریہ کے سرمئی چٹانوں سے تراشے گئے پر شکوہ مندر کے کلس سے الجھا جیسے کہ ٹھہر گیا تھا اور ہو بہو ان بڑے بڑے ناتراشیدہ پتھروں کے رنگ جیسا سرمئی نظر آرہا تھا۔

بادل کے اس دیو قامت ٹکڑے میں پل بھر کے لیے تیز روشنی کی ایک منحنی سی لکیر آڑھی ترچھی لہرائی اور غائب ہوگئی۔ بادل کچھ اور زور سے گرجے۔

عورت کے چہرے پر پریشانی سی جھلک اٹھی۔ اس نے پلٹ کر، فون ملانے میں کوشاں باوردی نوجوان کی طرف دیکھا اور پھر جیب میں کچھ ٹٹولا۔ چابیوں اور سِکّوں ملی جلی کھنک کے فضا میں تحلیل ہوتے ہی عورت نے گھبرا کے دائیں بائیں دیکھا پھر ٹیلیفون بوتھ کے شیشے میں لگے لمبے سے کیبن کے اندر بغور دیکھنے لگی۔

نوجوان کو نمبر نہیں مل رہا تھا۔ ٹیلیفون کے پیچھے دیوار میں لگے بڑے سے آئینے میں نوجوان نے عورت کو بار بار فون کی طرف دیکھتے دیکھا تو وہ کیبن سے باہر آگیا۔

"آپ فون کر لو جی۔ میں بعد میں Try کر لوں گا۔"

وہ عورت سے مخاطب ہوا۔ عورت بغیر کچھ بولے لپک کر فون کے پاس پہنچی۔ جہاں اس کا شوہر چھوٹے سے کھوکھے پر سامان بیچتا تھا، وہیں پاس کی ایک دکان پر فون پر بات کر کے وہ اس کی خیریت معلوم کرنا چاہتی تھی۔ لیکن کوئی فون نہیں اٹھا رہا تھا۔ ہو سکتا ہے آج کام زیادہ ہو۔ پاس والی دکان بند ہو۔ یا وہ گھر آ رہا ہو، پھر تو اِسی سڑک سے گزرے گا۔ مگر پھر اب تک گزرا کیوں نہیں، ہو سکتا ہے کہ اس نے اُسے نہ دیکھا ہو۔ مگر وہ تو دیکھ لیتا اسے۔ اگر گزرا ہوتا۔ کہیں کوئی بچہ جاگ نہ گیا ہو۔ مگر وہ آیا کیوں نہیں۔

اس نے آخری مرتبہ فون گھمایا۔ نمبر نہیں ملا۔ اس نے گردن موڑ کر بندوق بردار نوجوان کو دیکھا اور باہر نکل گئی۔ کچھ وقت بعد پھر کوشش کرے گی۔ جب تک یہ فارغ ہولے گا۔

نوجوان اسے باہر آتا دیکھ کر دوبارہ کیبن میں داخل ہوگیا۔

ہلکی ہلکی مگر قدرے خنک ہوا چلنے لگی تھی۔ عورت نے ہاتھ پھرن کے آستینوں

میں سے اندر کھینچ لیے اور انھیں مخالف کہنیوں تلے دبالیا۔ دانت آپس میں ملا کر اور لب وا کر کے اس نے ایک لمبی سی سانس لی تو مارے سردی کے دانت بجنے لگے۔ اس نے دونوں شانے ایسے اوپر اچکائے جیسے گردن کو کندھوں میں چھپا دینا چاہتی ہو۔

وہ کبھی سر داہنی اور گھما کر سڑک کی طرف نظر ڈالتی کبھی کیبن میں فون پر مصروف باوردی بندوق بردار نوجوان کو دیکھتی۔ فون کے عقب میں دیوار میں نسب آئینے میں اسے نوجوان کے چہرے کے تاثرات صاف نظر آرہے تھے۔

وہ سوچ میں پڑ جاتی۔ اسی کی طرح وہ بھی پریشان ہو رہا تھا۔ نمبر نہ ملنے پر جھنجھلا رہا تھا۔ پھر ایک نئی امید کے ساتھ دوبارہ نمبر ڈائل کرنے میں منہمک ہو جاتا۔ سیدھا سا نارمل انسان لگ رہا تھا وہ۔۔۔ ورنہ۔۔۔ یہ سب تو درندے ہوتے ہیں۔۔۔ جانور ہیں جانور۔۔۔ انسان لگتے ہی نہیں۔

عورت نے سر جھٹک کر منھ پھیر لیا۔

صبح جب وہ پاس کے مختصر سے بازار، دودھ لانے گئی تھی، اس وقت اس نے ایک نہایت ضعیف آدمی کو ہاتھ گاڑی پر لہسن بیچتے ہوئے دیکھا تھا۔ اس کے ساتھ شاید پوتا تھا اس کا۔ بارہ تیرہ برس کا ایک لڑکا رک رک کر ہانک لگا رہا تھا۔ تازہ خوشبودار لہسن۔ بڑا بڑا لہسن۔ مٹی کے بھاؤ۔ آؤ بھائیو آؤ۔ آؤ بہنو آؤ۔ ختم نہ ہو جائے۔ ماں جی آیئے۔

گاڑی کو دونوں ساتھ ساتھ دھکیل رہے تھے۔ وقفے وقفے سے گاہک آتے، ترازو کھڑکتی۔ کچھ سکے، کوئی نوٹ۔ پھر اُسی رِدھم سے لڑکے کی صدائیں بلند ہوتیں جنھیں وہ حلق کی گہرائی سے نکالتا۔ اس کے گلے کی جلد میں چھپی نسیں ابھر آتیں۔ چھوٹی چھوٹی سرمئی ندیوں جیسی بل کھاتی ہوئی نسیں۔

جانے کدھر سے ایک باریش، باوردی پولیس والا نمودار ہوا اور ہاتھ میں پکڑا کین

لہسن کی ڈھیری پر دے مارا۔ لہسن کی کئی پتھیاں زمین پر گر گئیں۔ بوڑھا جلدی جلدی اٹھانے لگا۔

"باپ کی سڑک ہے کیا۔ ریڑھی لگانا منع نہیں ہے ادھر؟"

پولیس والا علاقائی زبان میں دہاڑا اور کین لڑکے کی پیٹھ میں چبھو دیا۔

"جناب۔ جناب۔ ابھی ابھی خریدا ہے۔ گھر ہی جا رہے ہیں حضور۔" بوڑھا دونوں ہتھیلیوں کو جوڑ کر ان میں لہسن جمع کر کے جلدی جلدی اٹھنے کی کوشش کر رہا تھا کہ لڑکے کے کین چبھتے دیکھ کر اس نے ہاتھوں میں پکڑا لہسن زمین پر گرا دیا اور سپاہی کے جوتے پکڑ کر گڑگڑانے لگا۔

"او۔ تو تو سکھا رہا ہے اسے بے ایمانی۔ اپنی آنکھوں سے دیکھا ہے میں نے تجھے لہسن بیچتے ہوئے۔ پیسے بٹورتے ہوئے۔ سمجھا؟"

باریش سپاہی نے لہسن کی ڈھیری کے نیچے بچھے بوریئے کا کونہ الٹ دیا اور دس روپے کا اکلوتا نوٹ اور پانچ کے تمام سکے اٹھا کر جیب میں ڈالے اور جھٹکے سے پاؤں چھڑا لیے۔ بوڑھا لڑھک گیا۔ اگر زمین پر نہ بیٹھا ہوتا تو زور سے گرتا۔ پھر جلدی سے سنبھلا اور اٹھنے کی کوشش کرنے لگا۔

"جناب۔۔۔ جناب یہ دس کا نوٹ مجھ کو۔ صبح سے بس اتنی ہی کمائی ہوئی تھی۔ اب کچھ نہیں ہے میرے پاس۔"

"بابا تمبا کو پیتا ہے صاب۔ کچھ تھوڑا پیسہ واپس دے دو صاحب جی۔" لڑکا سہما ہوا بولا۔

"بکواس بند کرو۔ الٹ دوں گا ریڑھی۔ دونوں کو تھانے میں بھر دوں گا۔ حرام خور۔"

ہاتھ گاڑی کو پاؤں سے ٹھوکر مار کر باریش سپاہی اُلٹے ہاتھ سے اپنی سیاہ داڑھی سنوارتا ہوا دوسری طرف چل پڑا۔

عورت جب تک دودھ والے کی دُکان پر رہی تھی اس نے یہی دیکھا کہ بوڑھا شخص زمین پر بیٹھا اپنے ہاتھوں پر سے سپاہی کے جوتوں سے لگ جانے والی مٹی جھاڑ رہا ہے۔ جب وہ المونیم کی چھوٹی سی ڈولچی میں ایک پاؤ دودھ لے کر پلٹی تو کوئی مری مری سی آواز میں جیسے کہ رو رہا تھا۔

"لہسن۔ تازہ۔ تازہ۔"

یہ گوری رنگت اور ستواں ناک والا باریش محافظ۔ اس کا ہم مذہب، ہم زبان، اسی کی مٹی کی پیداوار۔

اور وہ، جو کل زچّہ بچّہ ہسپتال کے پھاٹک کے پاس۔ وہ کالے سانولے موٹی چوڑی ناکوں والے۔ ہر برقع پوش عورت کا نقاب یہ کہہ کر الٹتے تھے کہ اس کے اندر دہشت گرد ہو سکتا ہے۔

نازک ڈیل ڈول میں نرم کلائیوں اور چھوٹے پیروں والے برقع پوش دہشت گرد، جو میٹرنٹی ہسپتال میں آتے ہیں۔ جن کے چہروں سے عمداً انگلیوں کو مس کرتے ہوئے انھیں بے نقاب کر کے بھوکی نظروں سے گھورا جاتا ہے۔

بیسویں صدی کی پانچویں دہائی کے آس پاس، یورپ کے ایک حصے میں ہر فوجی افسر کسی بھی عورت کو حکم دے سکتا تھا کہ وہ مکمل بے لباس ہو کر ثابت کرے کہ اس نے کوئی آتش گیر مادہ یا ہتھیار تو نہیں چھپا رکھا۔ یہ بات عورت نے بہت پہلے کسی کتاب میں پڑھی تھی۔

انھیں موقع مل جاتا تو۔ جہاں جہاں انھیں موقع ملتا ہے وہاں۔ خدا کی پناہ۔ وہاں کیا

نہیں کرتا یہ بندوق بردار۔ پکی رنگت والا یا صاف رنگ کا۔ باوردی یا بغیر وردی کے۔ سب ایک طرح کے درندے۔ خدا نے عورت کو بنایا ہی کیوں۔

اس کی نظریں باوردی نوجوان کی بندوق پر ٹھہری ہوئی تھیں۔ ماتھے پر شکن ابھر آئے تھے۔

باوردی نوجوان کا نمبر مل گیا تھا۔

وہ کسی سے بات کرنے میں مشغول تھا۔ اس کے چہرے پر اچانک خوشی چھا گئی تھی۔ وہ جلدی جلدی کچھ پوچھ رہا تھا۔ عجب بے صبری سے، اونچی آواز میں، جو کیبن کے شیشوں کے اِس پار بھی سنائی پڑ جاتی تھی۔ مگر کسی غیر مانوس زبان میں۔ جو عورت کی سمجھ میں نہیں آتی تھی۔

بوتھ سے کچھ میٹر کے فاصلے پر تنگ سی سڑک کے اس طرف ایک اور بندوق بردار کھڑا تھا جو اسے ہی دیکھ رہا تھا۔ کیبن والے نوجوان نے اس کی طرف دیکھ کر ہوا میں مکّا لہرایا تو اس نے مسکرا کر زور زور سے سوالیہ انداز میں سر نیچے سے اوپر کو ہلایا کیبن کے اندر والے نوجوان نے ابرو اٹھا کر، آنکھیں پوری وا کر کے جوشیلے انداز میں سر کو بار بار اثبات میں جنبش دی۔ دونوں کے چہرے کھل اٹھے تھے۔

عورت اپنے محتاط مگر پر تجسّس تاثرات کو بخوبی چھپا کر سارا منظر دیکھ رہی تھی۔

شاید اس کے ہاں بچہ ہوا ہو۔ مگر یہ تو خود ہی کم عمر لگتا ہے۔ شادی کہاں ہوئی ہو گی اس کی۔ مگر ہو سکتا ہے۔ ہو بھی سکتی ہے۔ یا شاید اس کے گھر والوں نے اس کی پسند کی لڑکی سے اس کی شادی طے کر دی ہو۔۔۔ اور لڑکی بھی۔۔۔ لڑکی بھی اسے پسند کرتی ہو۔۔۔ لڑکی اسے۔۔۔ پسند کرتی ہو۔۔۔

پسند اس نے بھی کیا تھا کسی کو کبھی۔

جب وہ ایک نوخیز لڑکی ہوا کرتی تھی۔

اس کا نام دلّو تھا۔ نہیں، اس کا نام دلشاد تھا۔۔۔یعنی دلشاد بانو تھا۔ وہ ساتویں درجے تک تعلیم حاصل کر سکی تھی۔ اس کا باپ مجید بٹ نالائے مار کا ایک غریب مچھوارہ تھا۔ جو اپنے مختصر سے نیم بوسیدہ آبی گھر میں میلے گدلے پانی کے اس نالے کے ایک کنارے پر رہتا تھا۔ میلے، گدلے پانی والا نالا ہمیشہ ایسا نہیں تھا۔

صدیوں پہلے جب نقل و حمل کا واحد وسیلہ پانی ہوا کرتا تھا تو سلطان زین العابدین کی حکومت میں جہلم سے کچھ اضافی نالے نکالے گئے تھے۔ نقل و حمل کے علاوہ سیلاب سے بچاؤ اور شہر کی خوبصورتی کا مقصد بھی ذہن میں رہا ہوگا۔ ان میں کٹ کل اور نالائے مار بھی شامل تھے۔ نالا تنگ و تاریک راستوں سے گزرتا ہوا، بے شمار شاخوں میں بٹتا ہوا، پھر جہلم میں جاملتا تھا۔ اس میں ہر چھوٹی بڑی بستی کے لیے رسد گاہیں ہوا کرتی تھیں۔ بڑے بڑے بجروں میں اناج ایندھن وغیرہ ہر گھاٹ پر پہنچایا جاتا تھا۔ پھر وقت کے ساتھ ساتھ آبی وسائل کی جگہ موٹر گاڑیوں نے لے لی۔ جنگلوں کی مسلسل کٹائی سے پانی کم ہوتا گیا اور نالا رفتہ، رفتہ کوڑے کرکٹ کی آماجگاہ بنتا گیا، ساتھ ساتھ بیشتر مقامات پر سوکھتا چلا گیا تو اس پر تعمیرات ہونے لگیں۔

بعد میں بیسویں صدی کی آخری دو دہائیوں میں سرکار نے وہاں سے باقاعدہ سڑکیں نکالیں۔ اور کہیں کہیں گدلے پانی میں کچھ مچھلیاں کچھ کشتیاں اور اکّادکّا مختصر بستیاں رہ گئیں۔

مجید بٹ کا کل کاروباری اثاثہ ایک بوسیدہ سا جال اور ایک چھوٹی سی پرانی کشتی تھا۔ کشتی کا رنگ پانی نے اس قدر چوس لیا تھا کہ وہ بالکل اس گدلے پانی کے رنگ کی نظر آتی تھی۔

مجید بٹ کا ایک بیٹا بھی تھا۔ اس کی خواہش تھی کہ اس کے بچّے پڑھ لکھ جائیں اور دن بدن اور زیادہ آلودہ ہوتے جا رہے اس نالے میں ایک ایک مچھلی پکڑنے کے انتظار میں پہروں گزارتے ہوئے عمر گنوانے کی بجائے کہیں نوکری کر لیں۔ مگر مشتا کہ یعنی کہ مشتاق احمد بمشکل پانچ جماعتیں پڑھ سکا، اور بار ہا مار کھانے کے باوجود اس نے سکول کا رخ نہ کیا۔ آخر کار باپ اسے اپنے ساتھ کشتی پر ہی لے جانے لگا۔

دلّو ایک ذہین طالبہ تھی اور سینٹرل اسکول کے ساتویں درجے میں پڑھ رہی تھی۔ اساتذہ کو اس سے خاصی امیدیں تھیں۔ جماعت کے انچارج ٹیچر اس کی بہت حوصلہ افزائی کیا کرتے تھے۔ ان کا نیا نیا تقرّر ہوا تھا۔ دیکھنے میں بھی ماسٹر جی کا چہرہ خاصا جاذب تھا۔ گھنے گھنے بال اور چھوٹی سی داڑھی اُن پر خوب کھلتی تھی۔ دِلّو کے باپ کی درخواست پر کبھی کبھی ماسٹر جی دلّو کو کوئی مشکل سبق گھر آکر بھی پڑھا دیتے اور اس بات سے انھیں خود بھی دلی خوشی ملتی تھی۔

دِلّو کی آنکھیں نافے کی ٹکیاں ایسی تھیں۔ اس کے بال دیودار کی اس سلگتی ہوئی روغنی لکڑی ایسے سیاہ تھے جو روشنی کرنے کے لیے جلائی جاتی ہے۔ اور اس کی جلد سماوار کے بار ہا منجھے پیتل کے دستے کی رنگت لیے ہوئی تھی۔ ساتویں درجے میں آتے ہی وہ ایک دم بڑی بڑی سی لگنے لگی تھی۔ اس کے پاس سیاہ رنگ کا ایک پھرن تھا جس کے گریبان پر اس کی نانی کی یادگار، پانچ چاندی کے روپیوں کے ساتھ ٹانکا لگی گھنگھریوں والا ایک ہار رہتا تھا جو وہ بچپن سے پہنے ہوئے تھی۔ ورنہ اس کی ماں کے سر پر پھیلے سوتی رومال کے نیچے لگی ٹوپی، 'کسابہ' کے اندر سے ماتھے پر جھانکنے والے تین تین جھومروں اور کان کی بڑی بڑی بالیوں والا چاندی کا زیور کب کا گھر کی ضروریات کی نذر ہو گیا تھا، جبکہ ایسے زیورات پانی پر رہائش پذیر خاندانوں کے مخصوص زیورات میں شمار ہوتے ہیں۔

آٹھویں دہائی کے غالباً آخری سال کا کوئی دن تھا جب دوسرے کنارے پر رہنے والے رشید ڈار کا منجھلا لڑکا جو دو ماہ پہلے اچانک غائب ہو جانے کے بعد کوئی ہفتہ بھر پہلے نمودار ہوا تھا، دلّو کے بھائی مشتاک کو صبح صبح آ کر کہیں لے گیا۔ مشتاک اس دن دیر گئے گھر لوٹا اور ماں کے بار بار پوچھنے پر بھی کوئی جواب نہ دے کر سو گیا تھا۔ ماں کے سوالات کا جواب نہ سن کر مایوس باپ نے کوئی سوال نہ کیا تھا۔ مگر اس کا چین لٹ گیا تھا۔

دوسری صبح رشید ڈار کا منجھلا لڑکا پھر گھر آیا اور اندر کے چھوٹے کمرے میں کافی دیر تک مشتاک کے ساتھ باتیں کرتا رہا۔ وہ اونچی آواز میں بول رہا تھا جبکہ مشتاک وقفے وقفے سے دھیمی آواز میں کچھ کہتا۔ مگر کمرے کے باہر صرف شور کا سا احساس ہو رہا تھا اور بات پوری طرح سمجھ میں نہیں آتی تھی۔ تیسری بار جب رشید ڈار کا منجھلا لڑکا پھر آیا تو اندر کے کمرے سے دونوں کی بحث کرنے کی آوازیں بھی آئیں تھیں۔

دو ایک روز بعد جب کافی دن نکل آیا تھا، رشید ڈار کا منجھلا لڑکا آیا۔ مشتاک باپ کے ساتھ کشتی پر دور نکل گیا تھا۔

شام کو جب مشتاک اور مجید بٹ کام سے لوٹے تو دِلّو بے ہوش پڑی تھی۔ اس کی گردن پر خراشیں تھیں اور چہرے پر نیلے دھبے اُبھر آئے تھے اور ماں نے اپنے بہت سارے بال نوچ ڈالے تھے۔ اس دن ماں کچھ نہیں بولی تھی۔

دوسرے دن سینٹر اسکول کے ماسٹر جی کو گولیاں لگنے کی بات سن کر ماں نے بتایا تھا کہ باپ اور بھائی کو بار بار پکارنے کے بعد دلّو نے کئی دفعہ ماسٹر جی ماسٹر جی کہا تھا اور پھر بے ہوش ہو گئی تھی۔

اسی دن سے مشتاک گھر سے غائب ہو گیا تھا اور کئی دن بعد جب رشید ڈار کے منجھلے لڑکے کی لاش نالے کے پانی میں تیرتی نظر آئی تو مشتاک گھر آ کر ماں سے لپٹ کر خوب

رویا تھا۔ اس کے بھورے رنگ کے لمبے سے پھرن کے اندر بغل کے پاس ٹخنوں تک پہننے والے جوتے کی ساخت سے ملتی جلتی لوہے کی کوئی بالشت بھر لمبی چیز لٹک رہی تھی۔

اس دن کے بعد مشتاکہ زیادہ تر گھر سے باہر رہنے لگا تھا۔

رشید ڈار کوئی دو ہفتے گھر سے باہر نہیں نکلا تھا۔ نہ ہی اس نے مسجد کا رخ کیا تھا۔ جس دن رشید ڈار مسجد میں آیا، اسی دن اس نے مصیبت کے وقت انسان کے اور خاص کر پڑوسی کے کام آنے کا ذکر کیا تھا۔ اور کچھ دن بعد اس نے اپنے بڑے لڑکے کے لیے جس کی ایک ٹانگ پر پولیو کا اثر تھا اور جس کی شادی کی عمر نکلا چاہتی تھی۔ مصیبت زدہ دلّو کا رشتہ ماں گا تھا۔ دِلّو کے باپ نے یہ سوچے بغیر کہ کس کی مصیبت میں کون، کس کے کام آیا، اپنی حسین و جمیل نوخیز بیٹی کے لیے، یہ رشتہ قبول کر لیا تھا۔

مرے اشک بن میرے بابل بہے
ترے دل کے اندر جو تھے آبلے

دلّو کی آنکھ سے ایک آنسو نکل کر ہونٹ پر ٹِک گیا تھا۔ اس نے الٹے ہاتھ سے اسے پونچھ لیا۔ دروازہ کھلنے کی آواز اُسے چونکا کر ماضی سے حال میں لے آئی تھی۔

بندوق بردار باوردی نوجوان ہنستا مسکراتا ٹیلیفون بوتھ کے شیشے لگے کیبن سے باہر آیا اور بوتھ کے مالک کو بل ادا کرنے لگا۔ دلّو نے کیبن میں داخل ہوتے ہوئے دیکھا تھا کہ نوجوان کے بٹوے میں کسی لڑکی کی مسکراتی ہوئی رنگین تصویر تھی۔

نوجوان کودتا پھاندتا سڑک پار کر کے اپنے دوسرے باوردی ساتھی کے پاس پہنچا اور دفعتاً اسے کمر سے اٹھا کر واپس زمین پر رکھتے ہوئے اس کا منھ چوم لیا۔ اُس کے ساتھی نے ہنستے ہوئے اپنا آپ چھڑایا اور اٹینشن میں کھڑا ہو گیا کہ سامنے سے سرکاری جھنڈے لگی تین موٹر گاڑیاں گزر رہی تھیں جن کے آگے پیچھے حفاظتی عملے کی دو بڑی بڑی گاڑیاں

اور آخر میں اچانک حادثے کی صورت میں کام آنے کے لیے لمبی سی ایمبولینس تھی۔ اس کا ساتھی تیز تیز قدم اٹھاتا ہوا کھِلے کھِلے چہرے کے ساتھ دوسری سمت کو جارہا تھا۔

ٹھہرے ہوئے بندوق بردار کے سامنے سے پہلی گاڑی کے گزرتے ہی ایک زوردار دھماکا ہوا اور اس میں آگ لگ گئی۔ پیچھے کی گاڑیاں توازن کھو کر ادھر اُدھر بکھرنے لگیں۔ ان کے حفاظتی عملے نے چند لمحوں کے اندر اندر چاروں طرف اندھا دھند گولیاں برسانا شروع کر دیں۔

ٹیلیفون بوتھ والے نے اندر سے دکان کا شٹر گرا دیا تھا۔ دِلّو کے علاوہ دو اور لوگ بھی دکان کے اندر رہ گئے تھے۔

اب شاید کرفیو لگ چکا ہو گا۔

دکان کے اندر گھٹن سی ہو رہی تھی۔

وہ گھر میں تالا لگا کر آئی تھی۔

کچھ دیر بعد باہر سناٹا چھا گیا تھا۔ پھر گاڑیوں کی آمدورفت بحال ہو گئی کہ ہارن اور انجن کی آوازیں دکان کے اندر صاف سنائی دے رہی تھیں۔ دکاندار نے شٹر ذرا سا سرکا کر باہر جھانکا اور پورا شٹر کھول دیا۔

دِلّو تیز تیز قدم اٹھاتی گھر کی طرف مڑی تو اس نے دیکھا کہ جائے حادثہ کا پتھروں سے احاطہ کر دیا گیا تھا۔ اِدھر اُدھر زمین پر سیاہی مائل سرخی چھا گئی تھی۔

گھر کے موڑ پر مڑتے وقت دلّو نے یہ بھی دیکھا کہ ایک سیاہ رنگ کے ادھ جلے فوجی جوتے کے پاس ایک والٹ کھلا پڑا تھا، اور اس میں ایک مسکراتی ہوئی لڑکی کی تصویر پتلے سے بے رنگ پلاسٹک کے پیچھے سے چپ چاپ جھانک رہی تھی۔

دِلّو کے سینے میں ایک چیخ گھٹ کر رہ گئی۔ اس نے گھبرا کر آنکھیں بند کر لیں۔ پھر

کچھ لمحوں بعد کھول دیں۔

اب وہ نہایت دھیمی رفتار سے گھر کے راستے پر چل رہی تھی۔ ساری سڑک سنسان تھی۔ دور ایک شخص داہنا بازو جھُلاتا اور بایاں ہاتھ ہر دوسرے قدم کے ساتھ گھٹنے پر دھر تا لنگڑاتا ہوا آہستہ آہستہ آگے بڑھ رہا تھا، مگر دِلّو کی رفتار پھر بھی تیز نہیں ہوئی، حالانکہ وہ جانتی تھی کہ چابیاں اُس آدمی کی نہیں خود اسی کی جیب میں ہیں۔ اور وہ گھر میں تالا لگا کر آئی ہے۔

٭ ٭ ٭

ٹیڈی بیئر

سیاہ چشمے کی بائیں جانب کے کھلے حصے میں سے وہ اسے چپکے چپکے دیکھ رہی تھی، جو خود میں گم گا رہا تھا اور گٹار بھی بجا رہا تھا۔ گاڑی کے ہلکوروں کے ساتھ اس کے ماتھے پر آگے کو لا کر پیچھے کی طرف سجائے گئے بال بھی جھول جاتے۔ اس نے قلمیں بڑھا رکھی تھیں جو کم عمری کے سبب گو زیادہ گھنی نہ تھیں مگر کسی نہ کسی طرح اس کے پسندیدہ اور بیسویں صدی کے سب سے بڑے مغربی گلوکار کے بالوں کے اسٹائل سے ملتی تھیں کہ اسٹیج پر ایک کردار کی ادائیگی کے لیے اسے بال اُس کی طرح رکھنا تھے۔ شہر کے اسکولوں میں وہ سب سے خوش گلو فنکار چنا گیا تھا۔

مقابلے کی تیاریوں کے دوران اس نے ایک دن ماں کو اس گانے کی وجہ تسمیہ بتائی تھی کہ ایک ہوٹل میں کسی نامعلوم نوجوان نے ایک پرزے پر ایک سطر لکھ چھوڑی تھی 'میں ایک تنہا راستے کا مسافر ہوں۔' کسی نے اس حادثے سے متاثر ہو کر یہ گانا لکھا تھا۔

"دیکھئے ناما م۔۔۔ کس طرح ایک نامعلوم نوجوان اتنے بڑے Master Piece کی بنیاد بن گیا۔ کیا ہوا ہو گا اسے۔۔۔ میں کبھی کبھی سوچتا ہوں۔۔۔ کیوں کی ہو گی اس نے خودکشی۔۔۔ وہ کیوں تھا اکیلا۔۔۔ کیا اسے۔۔۔ کوئی سمجھتا نہیں ہو گا۔۔۔ یا پھر۔۔۔"

راحیل کی لمبی لمبی انگلیاں گٹار کے تاروں پر ٹھہر گئی تھیں۔

"نہیں بیٹا۔۔۔ کبھی کبھی انسان کسی شدید جذباتی دباؤ کے زیر اثر سوچ نہیں پاتا اچھی طرح۔۔۔ اور اس کمزور پل میں اس طرح کی حرکت۔۔۔ کر گزرتا ہے۔۔۔"

نائلہ کا ممتا بھرا دل پل بھر کو کانپ سا گیا تھا۔

"تو وہ لمحہ۔۔۔ انسان باہمت ہو تو۔۔۔ ٹال سکتا ہے۔۔۔ اور اگر ٹل جائے۔۔۔ تو ایسا حادثہ کبھی نہ ہو۔۔۔"

تمھیں تو میں سمجھتی ہوں میرے بچّے۔۔۔ کوئی سمجھے نہ سمجھے۔۔۔ میں تو تمھارے ساتھ ہوں۔۔۔

گاڑی میں بیٹھی نائلہ سوچتی رہی اور آہستہ سے گردن بائیں جانب موڑ کر اُسے دیکھنے لگی۔ راحیل نے بے رنگ چشمہ پہن رکھا تھا۔ اُس میں سے اس کی بند آنکھیں نظر آ رہی تھیں۔ چہرے کے تاثرات میں گرد و پیش سے بے خبری کا عالم تھا۔۔۔ مگر دونوں ہاتھوں کی محتاط انگلیاں نہایت ماہرانہ انداز میں گٹار کے سخت تاروں کو کچھ ایسی نرمی سے چھُو رہی تھیں کہ سُر بادلوں کی طرح فضا میں تیر رہے تھے۔ اس نے بیحد سریلا نغمہ چھیڑ رکھا تھا۔ اسے پریکٹس کے لیے اپنے گروپ کے باقی ساتھیوں سے ملنے ایک دوست کے وہاں جانا تھا۔ نائلہ کو بھی راستے میں ایک جگہ اترنا تھا۔ وہ اس کے ساتھ پچھلی نشست پر بیٹھی اس کے گیتوں سے محظوظ ہو رہی تھی۔ لمحے بھر بعد اس نے ایک تیز دھن والا گانا شروع کیا۔

وہ بالکل مغربی انداز میں، کبھی بے حد اونچے سُر میں تان کھینچتا اور کبھی ٹھڈی حلق سے لگا کر بھاری سی غراہٹ نما آواز میں گا کر منھ بڑا سا کھول دیتا اور کبھی ایک دم دہانہ چوڑا کر کے تمام دانتوں کو نمایاں کرتا ہوا زور دار آواز میں نعرہ سا لگا کر کچھ پل خاموش ہو کر دائیں بائیں دیکھتا اور پھر یکلخت دوبارہ دھیمے سُر سے شروع کر کے اونچے سُر تک جا پہنچتا۔

اس عمل کا مشاہدہ نائلہ کے لیے نہایت دلچسپ عمل تھا۔ جب وہ چہرے کے سارے پٹھے تان کر دانتوں کی نمائش کر کے ماتھے پر بہت سے آڑے بل ڈال کر کوئی سُر

ادا کرتا تو اسے بے تحاشا ہنسی آجاتی جسے وہ کمال ضبط سے چھپا لیتی۔

Put a chain around my neck

And lead me everywhere

So let me be your teddy bear

کیا گا رہا ہے۔۔۔ میرا ٹیڈی بیئر۔۔۔

نائلہ کا دل کرتا اس سے کہے۔۔۔ ابھی کل تک گول مٹول سا ٹیڈی بیئر جیسا تھا، وہ سوچتی۔۔۔ دبلا پتلا، لمبا ہو گیا۔۔۔ ساری جان گانے کی ادائیگی میں لگانے سے اس کی گردن پر پسینے کی بوندیں چمکنے لگتیں۔ حالانکہ گاڑی کے اندر ٹھنڈک تھی۔ نائلہ کا جی چاہتا کہ پرس میں سے رومال نکال کر اس کے چہرے اور گلے پر سے پسینہ پونچھ لے۔ اس سے پہلے کے نائلہ کی منزل آجائے، سرخ ٹی شرٹ میں چھپے اس کے شانے پر ہاتھ رکھ کر اس کا لمس اپنی ہتھیلی میں محفوظ کرلے۔ مگر اس کے پاس ایسا کوئی بہانہ نہ تھا کہ اسے چھو لیتی۔

کہ وہ ناراض تھا اس سے۔۔۔ شاید۔۔۔ مگر اتنے دنوں۔۔۔ کیوں۔۔۔ آخر۔

کیا وہ خود بھی اس جیسی تھی۔۔۔

نائلہ سوچنے لگتی۔ راحیل کی ثابت قدمی پر اسے خوشی ہوتی۔

نائلہ کو تصویریں بنانے کا شوق تھا۔

"اُف، اُف۔۔۔ گناہ۔۔۔ گناہِ کبیرہ۔۔۔" امّاں سر پر آنچل درست کرتی جانے کب آکر اس کے عقب میں کھڑی ہو جاتیں۔

"ایک تو پڑھائی نہیں کرتی۔۔۔ دوسرا۔۔۔ یہ۔۔۔ شکلیں۔۔۔ اللہ۔۔۔ یہ اولاد۔۔۔ جہنم رسید کروائے گی۔۔۔" چوری پکڑے جانے سے وہ شرمندہ سی ہو کر رہ

جاتی۔

"اپنی باجی کو دیکھو۔۔۔ اوّل آتی ہے اکثر ہی۔۔۔ ورنہ دوئم تو ضرور ہی۔۔۔ اور تم۔۔۔ پڑھو گی نہیں تو فیل ہو جاؤ گی۔۔۔ میں نے ہی بگاڑا ہے شاید تمھیں۔۔۔"

"امّاں۔۔۔ یہ تو۔۔۔ ڈرائنگ ہے۔۔۔ اسکول میں۔۔۔"

"جھوٹ تو نہیں بولتیں۔۔۔ ؟تمہارے ابّا سچ کہتے ہیں۔۔۔ کہ میرا ہی قصور ہے۔۔۔ تمہاری ہر بات مان لیتی ہوں۔۔۔"

"جھوٹ ہی تو بولا جا رہا ہے۔۔۔ یقیناً۔۔۔ "ابّا کی آواز پتھر کی طرح کان کے پردے پر پڑتی۔۔۔ نائلہ پتھر سی دیکھا کرتی۔

"کہاں لے جائیں گی یہ لکیریں۔۔۔ یہ تصویریں تم کو۔۔۔؟"

ابّا جانے کیسے اسی وقت گھر میں داخل ہوتے۔

"یہ شریف لڑکیوں کا چلن نہیں ہے۔۔۔" وہ چہرہ اس کی طرف اور نظریں دوسری جانب کر کے کہتے اور چلے جاتے اور امّاں پاؤں پٹختی ہوئی ان کے پیچھے۔ ایسے میں کتنا غصہ آتا تھا۔۔۔ اُسے۔۔۔ دونوں پر۔

دجیومیٹری کی کاپی کے سادہ ورق پر بنے رنگ برنگے چہرے پر اس کے دو آنسو ٹپ سے گرتے۔ پانی کا رنگ (Water Colour) پانی میں گھل کر بے رنگ ہونے لگتا۔ رونے کی خواہش گلے کے اندر پھندا سا ڈال دیتی۔

اتنی محنت سے۔۔۔ میں نے۔۔۔ خراب ہو گئی تصویر۔۔۔ یہ ابّا۔۔۔ یہ ابّا۔۔۔ آخر ہیں ہی کیوں۔۔۔ سب کچھ تو ہوتا ہے امّاں کے پاس۔۔۔ کھانا۔۔۔ جیب خرچ۔۔۔ کتابوں کے پیسے۔۔۔ کاپیوں کے۔۔۔ کاپیوں کے پیسے۔۔۔ اتنے سارے۔۔۔ پھر ابّا بھلا کیوں۔۔۔ رعب جمانے کے لیے۔۔۔ اللہ کرے۔۔۔ اللہ کرے۔۔۔ اللہ کرے۔۔۔

کہ۔۔۔

اللہ نہ کرے۔۔۔ ایسا سوچتا ہے کوئی اپنے ابّا کے لیے۔۔۔

جانے یہ کس کی آواز تھی۔۔۔ آواز تھی بھی یا۔۔۔

تصویریں بنانا جاری رہا۔۔۔ آرٹ فائل مہینے میں دو بار باقاعدگی کے ساتھ گم ہو جایا کرتی۔۔۔ رنگ سکول کے ساتھی استعمال کر لیتے تو بے چاری نائلہ کیا کرتی۔۔۔ جواز معقول ہوا کرتا۔۔۔ اور امّی کی تھوڑی سی ڈانٹ اور تنبیہ کے عوض ایک نئی آرٹ فائل۔۔۔ سودا مہنگا نہیں تھا۔ بلکہ کبھی کبھی تو کس قدر فائدہ مند۔۔۔

پیلے رنگ کے پتلے ٹین کے مستطیل ڈبے میں بارہ خانے مختلف رنگوں کے۔۔۔ اور ساتھ میں نرم و نازک سنہری بالوں والا مو قلم۔۔۔ تصوّر میں بسی ہزار شبیہات۔۔۔ کمرے کی تنہائی۔۔۔ اب جنت میں بھی کیا ہوتا ہوگا۔

زندگی جنت سے بھی حسین تھی۔ مگر دنیا کی ہر جنت کی طرح عارضی۔۔۔ کہ اس کے سارے رنگ، راز اور تصوّر طشت از بام ہو گئے۔ اسے آج بھی کتنا دکھ ہوتا ہے یاد کر کے۔۔۔

گاڑی رک گئی تھی۔ نائلہ نے ٹھنڈی آہ بھری اور ونڈو کے باہر دیکھنے لگی۔ سرخ روشنی پر لکھے Relax کے دائرے میں باجی کا چہرہ نظر آیا۔۔۔ اس کا دل جیسے کہ خود کلامی کرنے لگا۔

ہفتے کا دن تھا۔ اسکول میں آدھے دن کے بعد چھٹی ہوا کرتی تھی۔

باجی دو دن سے کہہ رہی تھیں کہ ان کی ہفتے اور اتوار کی دو دِن کی چھٹی ہے اور وہ امّاں کے ساتھ مل کر میرا کمرا صاف کروائیں گی۔

"میرا کمرہ صاف ہے بالکل۔" میں نے باجی کی آنکھوں میں جانے کون سی چمک سے

نظریں چرا کر کہا تھا۔

"تم کیا جانو۔۔۔ اپنے پاؤں کے تلوے دیکھو کتنے میلے ہیں۔۔۔ میں جانتی ہوں کیا صحیح ہے۔۔۔" انھوں نے 'میں' پر زور دیا تھا۔ آخر کو مجھ سے پانچ، چھ برس بڑی تھیں۔

"رہنے دیجیے نا باجی۔۔۔ اگلے ہفتے کر لیں گے۔۔۔ یا اتوار کو میری بھی چھٹی ہو گی نا۔۔۔ تو۔۔۔"

"مجھے اپنے کام نہیں ہیں کیا اتوار کو۔۔۔؟" باجی گردن مٹکا تیں۔

"ٹھیک کہتی ہیں باجی۔۔۔ تم زیادہ دخل مت دو۔" امّاں کو جب باجی پر زیادہ پیار آتا، تو اسے باجی بلایا کرتی تھیں۔۔۔ اماں کی یہ بات مجھے بالکل اچھی نہیں لگتی تھی۔

"اچھا چلو۔۔۔ اتوار کو ہی کر لیں گے۔۔۔" انھوں نے نہایت حاکمانہ انداز میں جیسے کہ رحم کھا کر کہا اور اپنے کمرے کی طرف چل دیں۔۔۔

مگر ایسا نہیں ہوا۔۔۔ باجی۔۔۔ دھوکے باز باجی۔۔۔

میں کسی ٹکٹ یافتہ مجرم کی طرح بیٹھک کے دروازے سے لگی تھی۔ تھانے کی دیواروں پر چسپاں جرائم پیشہ افراد کی تصویروں کی طرح میز پر میری چار آرٹ فائلوں کے موٹے ورق بکھرے تھے۔ بے شمار چہرے لیے ہوئے۔۔۔ کہیں بڑے۔۔۔ کہیں چھوٹے۔۔۔ کوئی بزرگ۔۔۔ کوئی بچہ۔ نرم تاثرات لیے ہوئے، دودھ پہنچانے والے حاجی صاحب گوالے کا چہرہ۔۔۔ میری حساب کی سنگدل ٹیچر کا ناراض چہرہ۔۔۔ بڑے دانتوں والے چوکیدار بابا کا چہرہ۔۔۔ روتی ہوئی چھوٹی سی لڑکی کا بسورتا ہوا۔۔۔ کوئی مسکراتا۔۔۔ کوئی غصہ ور۔۔۔ کوئی گنجا۔۔۔ کہیں لمبے لمبے بالوں والی عورت کا۔۔۔ گورا۔۔۔ کالا۔۔۔ ہر چہرہ مجھے اپنے چہرے کی طرح عزیز تھا۔

"یہ سب کیا ہے۔۔۔؟" ابّا کی آنکھیں ابلی پڑ رہی تھیں۔ انھوں نے میز پر اپنا بڑا

بازو ایک جھٹکے سے جھاڑو کی طرح پھیر دیا۔ لمبے سے فراک کے اندر میرے گھٹنے کانپ کانپ کر ایک دوسرے کے ساتھ ٹکراتے رہے۔

چہرے لہراتے لڑھکتے فرش پر بکھر گئے۔ اور بعد میں باجی کے قبضے میں چلے گئے۔

اماں نے مجھ سے بات کرنا ترک کر دیا۔

حساب کے پرچوں میں بمشکل تمام پاس ہونے کی بجائے۔۔۔ میں فیل ہو گئی۔۔۔ اور تعجب کی بات یہ کہ باجی کو پہلے ہی پتہ تھا کہ جو سوال وہ مجھے کروا رہی تھیں امتحان میں ویسے سوالات غلط کر کے میں فیل ہو جاؤں گی۔

مجھے دوبارہ باجی کی تحویل میں دینے سے پہلے ابا نے ایک نہایت تجربہ کار اور سینئر قسم کے حساب داں استاد کا انتظام کیا کہ باجی کے خود امتحان سر پر تھے۔

حساب کے استاد گھر آنے لگے۔

ماسٹر جی کے پیلے دانتوں پر ہر وقت رالیں جمع رہتیں۔ منھ سے ریشم کے لچھوں ایسے نئے نویلے چوزوں کے درمیان جوں کے توں پڑے رہ جانے والے انڈے کی سی بدبو آتی۔ جنھیں باجی مجھے سنگھانے کے بعد پیٹ پکڑ کر دوہری ہو کے ہنسا کرتی تھیں۔ اور جیسے چوزوں کے استقبال کے لیے ٹوکری کے گرد کوٹھری میں کھڑی میں اماں کے چہرے پر لاتعلق سی مسکراہٹ دیکھ کر بجھ جایا کرتی۔ اس سے کہیں زیادہ تکلیف مجھے ماسٹر جی کے پاس قیامت جیسا ایک گھنٹہ گزارنے میں ہوتی۔

اکثر سر پر سے شملے والا صافہ اتار کر ماسٹر جی دونوں ہاتھوں کے میلے ناخنوں سے اپنا گنجا سر کھجاتے ہوئے منھ کھول کھول کر جمائیاں لیتے اور الجبرا کے زبانی یاد فارمولے دوہراتے ہوئے آنکھیں بند کر کے سمجھایا کرتے۔

جیسے تیسے مڈل اسکول ہوا۔

باجی نے گھر میں مشورہ دیا کہ اگر آرٹس پڑھوں گی تو ڈرائنگ تو کرنا ہی ہو گی۔۔۔ اور سارا وقت میں ڈرائنگ کرتی رہوں گی تو پڑھوں گی کہاں۔۔۔ اس لیے نویں درجے میں میڈیکل پڑھایا جائے اور یہ کہ وہ مجھے خود گائیڈ کریں گی۔۔۔ کہ آخر ان کی میڈیکل کی پڑھائی کس دن کام آئے گی۔۔۔ کہ۔۔۔ کہ روز Good یا Excellent ملتا تھا انھیں پریکٹیکل کاپی پر۔

گھر میں کوئی نہیں جانتا تھا کہ جس دن باجی نے میری رَف کاپی پر ماسٹر جی کا جمائی لیتا سر کھجاتے ہاتھ والا چہرہ دیکھا تھا، اسی دن یہ معاہدہ ہوا تھا کہ اگر میں ان کی سائنس کی ڈایگرامز بنایا کروں تو وہ کسی سے نہیں کہیں گی کہ میں نے چہرے بنانے میں دوبارہ وقت ضائع کرنا شروع کر دیا ہے۔

"یہ تو۔۔۔ بالکل۔۔۔ لگتا ہے ابھی ہاتھ نیچے کر کے آنکھیں کھولیں گے اور سوال چیک کریں گے۔۔۔ تمہاری کاپی پر۔۔۔"

باجی کئی لمحوں تک تصویر کو دیکھتی رہی تھیں۔۔۔

"اب تو تم بالکل اصلی صورت جیسا۔۔۔ خیر۔۔۔ یہ کوئی اچھی بات تو ہے نہیں۔۔۔ امّاں تو تمھیں کوئی کام تک نہیں بتاتیں کہ وقت نہ ضائع ہو۔۔۔ ویسے۔۔۔ میری ڈایگرامز میں ایسا کوئی وقت نہیں لگے گا۔۔۔ اور پھر میں ان سے کچھ۔۔۔ کہوں گی بھی نہیں۔"

بہر حال۔۔۔

میری ہمدرد باجی۔۔۔ میں Maths میں Nil، Physics کے Problems کیسے Solve کروں گی۔

مجھے سائنس سے ذرا دلچسپی نہیں۔۔۔ میں کیا پڑھوں گی۔

مگر باجی جو تھیں پڑھانے والی۔

وہ میری استاد مقرر ہوئیں تو ان کا مجھے بلا وجہ پیٹنا بھی جائز ہو گیا۔۔۔

چہرے جانے کہاں چلے گئے۔۔۔ امّاں کا چہرہ ناراض۔۔۔ ابّا کا چہرہ مجھے دیکھتے ہی رنگ بدلتا۔۔۔ باجی کا چہرہ۔۔۔ فاتح سے تاثرات لیے۔۔۔ اور میرا چہرہ۔۔۔ آئینے میں نظر ہی نہ آتا۔۔۔

تمھیں تمہاری شخصیت مبارک ہو۔۔۔

نائلہ نے پہلو میں بیٹھے راحیل کو کنکھیوں سے دیکھا۔

موسیقی میں گم گرد و پیش سے بے خبر یہ چہرہ مبارک ہو۔۔۔

اس نے ڈرائیونگ سیٹ کے سامنے اوپر کی جانب لگے چھوٹے سے آئینے میں راحیل کی بند آنکھیں دیکھ کر دل ہی دل میں کہا۔

نواں درجہ کسی طرح ہو ہی گیا تھا۔

نائلہ سوچنے لگی۔۔۔۔۔ Physiology کے Diagrams نے کہانی کی طرح سمجھے انسانی نظام کی Description میں بہت مدد دی۔ ریاضی اور فزکس میں فیل۔۔۔ باقی تمام میں اوّل۔۔۔

یہ تھا دسویں جماعت کے ششماہی امتحان کا نتیجہ۔ اور بورڈ کے امتحانات میں شامل ہونے کے لیے ان سب میں پاس ہونا ضروری تھا۔ بڑی مشکل سے ان پرچوں میں دوبارہ امتحان دینے کی اجازت ملی اور پاس کر لیے مگر بورڈز میں اگر ایک بھی مضمون میں فیل ہوں تو پورے امتحان میں فیل ہونا لازمی تھا۔ اور پھر سال ضائع ہو جانا طے تھا۔

اور میں تین سال لگاتار پرائیویٹ امتحان دیتی اور فیل ہوتی گئی۔

نئی نئی لیکچرر ہوئی باجی کو جب لڑکے کی اماں اور خالہ دیکھنے آئیں تو چھوٹے صاحبزادے کے لیے، جو پڑھائی چھوڑ کر بھائی کی دکان میں خاصا کام سنبھال لیتے تھے، مجھ پر غور ہوا۔

باجی کے سسرال جانے کے بعد کی آزادی کے تصور میں مگن اور مسرور میں اماں کا پیازی رنگ کا کامدانی دوپٹہ اوڑھے خشک میوے کی طشتری لیے اندر داخل ہوئی تو دونوں بزرگ خواتین نے مجھے باری باری چونک کر دیکھا تھا۔

فیصلہ یہ ہوا کہ ایک کند ذہن لڑکی کو پڑھانے کی کوشش میں مزید وقت ضائع کرنا حماقت ہوگا۔ رشتے کو قدرت کی طرف سے اشارہ سمجھ کر قبول کرلیا جائے۔

سارے چہرے روٹھ گئے مجھ سے....

زندگی کے افق پر ایک نیا چہرہ ابھرا۔ اس کا گھر سنبھالنے میں سارا آرٹ خوب کام آیا۔ اور پھر سگھڑ نکلی میں۔۔۔ کہ جیٹھ جی کی پروفیسر بیوی کی غیر موجودگی میں مجھے گھر کا ہر کام خوش اسلوبی سے نبھانے کی ہدایت تھی۔ اور وہ کبھی کبھی بہ آواز بلند خدا کا شکر کرتیں کہ کم از کم یہ ذرا سا سلیقہ تو پیدا ہوا مجھ میں۔۔۔ جو میں نے ان ہی کی صحبت میں سیکھا تھا۔۔۔ کیونکہ پڑھنے میں مصروف و مشغول ہونے کے باعث انھیں مجھے ہی کام کاج سمجھانا پڑا تھا مائیکے میں۔۔۔

اس سے زیادہ وہ کر بھی کیا سکتی تھیں۔ کیونکہ جب میری ہی دلچسپی تعلیم میں نہیں تھی تو پھر انھوں نے مجھے گھر سنبھالنے لائق بنانے میں محنت کی۔

رات کے کھانے کی میز پر پھولی ہوئی گرم گرم چتکبری روٹیاں میرے ہاتھ سے لیتے وقت، ان سب باتوں کا انھوں نے کئی دفعہ کھلے دل سے اعتراف کیا تھا۔

کھلے دل والی باجی۔۔۔

راحیل نے دوبارہ وہی سریلا نغمہ چھیڑا تو نائلہ پھولی ہوئی روٹی چھوڑ کر گاڑی کی پچھلی نشست پر لوٹ آئی۔

Since my baby left me

I found out a place to dwell

Its, down at the end of a lonely street

Of heart break hotel

وہ بالکل ایلوس پریسلی کی طرح سر ہلا رہا تھا۔ دھن بھی دل میں اترے جاتی تھی۔۔۔ آج راحیل کی آواز میں نائلہ نے درد محسوس کیا تھا۔ گانے کا اس کے بعد کا حصہ نائلہ کو اور اُداس کرے گا۔۔۔ وہ جانتی تھی۔ اور شاید راحیل بھی جانتا تھا۔ اس نے آواز ذرا دھیمی کر لی۔ یہ گانا اسے بہت پسند تھا۔ اور اسے اسٹیج پر بھی گانا تھا۔ اسے گاتے وقت اداس ہو جانا بھی اچھا لگتا تھا۔

You make me so lonely baby

I get so lonely

You make me so lonely

I could die

نائلہ رنجیدہ نظر آرہی تھی۔۔۔

خدا نہ کرے۔۔۔ میرے فنکار۔۔۔ آخری لائن سن کر اس نے دل میں کہا۔

آج بہت اداس ہے راحیل۔۔۔ وہ سوچنے لگی۔

اس کا باپ اس سے بہت خفا ہے۔۔۔ اور باپ کی ہاں میں ہاں اگر نہ ملائی جائے تو بچّے خراب ہو جاتے ہیں۔ باجی نے کہا ہے۔

"میں نے اسے گٹار کیوں لے کر دی۔

میں نے اسے میوزک اسکول کیوں بھیجا۔

ہر شام بورن ویٹا والا دودھ ہاتھ میں لیے اس کے کمرے کے دروازے کے قریب کھڑے ہو کے اس کا گٹار سن سن کر اس کی حوصلہ افزائی کیوں کی۔

میں ماں ہوں۔۔۔ کہ دشمن۔۔۔ شرم نہیں آئی مجھے۔

اپنا انجام بھول گئی۔۔۔ میں۔۔۔

باجی، راحیل کے نویں جماعت کے ششماہی امتحان میں ریاضی کے ۱۰۰ میں سے ۳۴ نمبر دیکھ کر اونچی آواز میں سمجھا رہی تھیں۔ آوازیں سن کر گھر کے دوسرے لوگ بھی آ گئے تو مارے ہمدردی کے باجی کی آواز گلوگیر ہو گئی تھی۔

"O shut up." وہ چیخا تھا۔ یہ مام کا زمانہ نہیں ہے۔۔۔ شاید اس کی نظروں میں میرا اس کی کاپی کے کور پر پنسل سے کھنچا ہوا اس کا گٹار بجاتا اسکیچ گھوم گیا تھا۔ جو دو سال سے اس نے اپنی میز کی دراز میں سنبھال رکھا تھا۔

"Just don't interfere in my life" وہ اسکول سے ملا رپورٹ کارڈ لے کر کمرے سے جانے لگا تو اس کے باپ نے اس کے چہرے پر ایک زور کا تھپڑ مارا۔

"بڑوں سے زبان لڑاتے ہو؟" میں نے فوراً کہا۔

اس نے میری طرف زخمی نظروں سے دیکھا۔۔۔ شفاف رخسار پر پانچ سرخ لکیریں چھالوں کی طرح اُبھر آئی تھیں۔

کئی دن مجھ سے نظر ملا کر بات نہیں کی تھی۔ میں نے سمجھانا چاہا تو کمرے میں گھس

کر دروازہ بھینچ کر بند کر دیا۔

اس کے بعد میں نے کچھ نہ کہا۔

نائلہ نے تصوّر میں اس کے چہرے پر ہاتھ پھیرا۔

اسکول کی طرف سے جب والدین کے اجازت نامے پر دستخط کی باری آئی تو۔۔۔ میں نے چپکے سے دستخط کر دیئے اور کسی کو پتہ نہ چلا۔

اب میرے ٹیڈی بیئر کو مجھ سے ناراض نہیں رہنا چاہیئے۔

نائلہ سوچنے لگی۔

آج وہ اسی ریہرسل کے لیے جا رہا تھا۔ اپنے پسندیدہ گلوکار کے گائے سب سے پسندیدہ گانے کی ریہرسل۔۔۔ وہ اس کے گانے گاتے ہوئے اکثر سوچوں میں گم ہو جاتا۔

"قابل لوگ زیادہ دیر جیتے ہی نہیں۔۔۔ کیوں مام؟"

ایک دن جب اس نے نائلہ کو ایلوس پریسلی کے کئی گانے گا کر اور بجا کر سنائے تھے، وہ ایسے ہی اداس تھا۔

ایلوس پریسلی نوجوانی میں ہی انتقال کر گیا تھا۔ بے حد خوش شکل نوجوان تھا وہ۔۔۔ بیضوی چہرہ۔۔۔ اونچا قد۔۔۔ تندرست، چست بدن، سرخ و سفید رنگت، بالوں کا رنگ سیاہ کرتا تھا وہ اور پوشاک اپنے وضع کردہ انداز کی جاپانی شہزادوں کی بڑے کالروں والی جیسی کچھ۔ جس سے شانے اور وجیہہ معلوم ہوتے۔ چمکیلے رنگوں والی۔ بہت سے رنگ برنگے بٹنوں والی۔ مختلف ڈیزائن کے ہیرے جڑی کمر بند والی۔ گاتے ہوئے جب اسٹیج پر تھرکتا تو دلوں کی دھڑکن اس کی تال پر تھرکتی۔ یہ باتیں نائلہ کو راحیل نے بتائیں تھیں۔

نائلہ یاد کر رہی تھی کہ ایک بار اس نے کسی شو کے دوران اپنا پسینہ خشک کر کے

رومال تماشائیوں کی طرف اچھالا تھا تو لوگوں نے اس رومال کو حاصل کرنے کے لیے کسی نایاب نعمت کی طرح انگنت ہاتھ بڑھائے تھے۔

ٹیلی ویژن پر دیکھا تھا نائلہ نے۔

"موت تو اللہ کے اختیار میں ہے بیٹا۔۔۔ ایسا تو نہیں ہے۔۔۔ بہت سے قابل لوگ برسوں جیتے ہیں۔۔۔ بہت سے عام لوگ کم جیتے ہیں، یا اس کا الٹ بھی ہوتا ہے۔۔۔"

"مگر مما۔۔۔ میں کیوں اس شدّت سے محسوس کرتا ہوں۔۔۔ اس کے بارے میں اتنا زیادہ۔۔۔ میں دیکھیئے۔۔۔ اس کی موت کے تیس سال بعد پیدا ہوا۔۔۔ پھر بھی۔۔۔ King تھا وہ Music کا۔۔۔ Rock-n-Roll کا۔۔۔ I just adore him mom"

"کیوں کہ آپ کی نظر میں وہ سب سے اہم آدمی ہے۔۔۔ آپ موسیقی کو جاننے سمجھنے والے ہیں۔۔۔ اور وہ ایک پیدائشی موسیقار تھا۔"

"ہاں۔۔۔ ایک مکمل فنکار تھا وہ۔۔۔ اُس گمنام شخص کا درد کیسے محسوس کیا اس نے۔۔۔ کہ درد کو گانے میں تبدیل کر کے امر کر دیا۔۔۔ کتنا مشہور ہو گیا Heart Break Hotel کے نام سے وہ مغربی ہوٹل۔۔۔ جب اس نے گانے کے ساتھ ڈانس کر کے لوگوں کا دل جیت لیا تھا جب تک گاتے ہوئے کوئی ناچا نہیں کرتا تھا اسٹیج پر۔۔۔ وہ ایک دردمند۔۔۔ ایک دردمند دل تھا اس کے پاس۔۔۔ امریکن ہو کر بھی وہ افریقیوں کے دکھ بانٹتا تھا۔

گورا ہو کر بھی اس کے اندر سے افریقیوں کی آواز آتی تھی۔۔۔ انسان کو ایسا ہی سچا اور ایماندار ہونا چاہیے۔۔۔ ہے نا۔۔۔ ہے نا مام۔۔۔"

نائلہ کو اچھا سامع پا کر وہ دل کی باتیں کہتا۔۔۔

"ہاں۔۔۔ میری جان۔۔۔ میرا بچہ کتنا عقل مند ہے۔۔۔"

وہ اس کا شانہ تھپتھپا دیتی۔۔۔

بال سہلا دیتی۔۔۔

ماتھا چوم لیتی۔۔۔

"مما۔۔۔ دیکھئے گا۔۔۔ سارے سکولز میں سے ہمارا گروپ ہی فرسٹ آئے گا۔۔۔ اس بار بھی۔ فائنل میں پرفارم کرنے کے لیے۔۔۔ ہم سب بہت Dedicated ہیں۔۔۔"

"انشاء اللہ۔۔۔" نائلہ دعا دیتی۔

انشاء اللہ۔۔۔ گاڑی میں بیٹھی نائلہ نے دھیرے سے گردن اس کی طرف موڑی۔

آج وہ ضرور مجھ سے بات کرے گا۔ میرا شکریہ ادا کرے گا۔ میری گود میں سر رکھ کر مجھے منائے گا۔۔۔ معافی مانگے گا مجھ سے۔

نائلہ سوچتی رہی۔۔۔ وہ اپنی دھن میں گاتا بجاتا رہا۔

نائلہ کی منزل قریب آ رہی تھی۔ وہ اس کے سر پر ہاتھ پھیر کر اسے کامیابی کی دعائیں دینا چاہتی تھی۔ بہت دنوں سے اس نے اس کا سر نہیں چھوا تھا۔ مگر وہ بالکل بے خبر گا رہا تھا۔

یہ مجھ سے ایسے نہیں روٹھ سکتا۔ اس چہرے میں تو میں نے آرٹ فائلز کے سبھی چہرے جوڑ رکھے تھے۔ اس کے معصوم ہاتھوں کی ماہرانہ جنبش سے چھیڑے جانے والے نغموں کو سنتے ہوئے میں پیلے رنگ کے ٹین کے نازک سے مستطیل ڈبے کے سب رنگ اور ان رنگوں سے مزید بننے والے ان گنت رنگ دیکھ لیتی تھی۔

نائلہ نے نہایت اُداسی سے سوچا۔

میں نے کچھ غلط کہہ دیا ہو گا۔۔۔ مگر اس میں بسے فنکار کے ساتھ کچھ برا نہیں ہونے دیا۔

اس کے اس Concert کی منظوری دینے کے لیے جانے کیسے کیسے جواب دہ ہونا ہو گا مجھے۔۔۔

وہ ایک آہ بھر کر رہ گئی۔ اس کی آنکھیں آخرکار بھیگ ہی گئیں۔ کون سمجھے گا مجھے۔۔۔ آخر۔۔۔ اس کے بوجھل دل میں خیال ابھرا۔۔۔

گاڑی ایک جھٹکے کے ساتھ رکی۔ اس نے تھکے ہارے سے قدم گاڑی سے باہر رکھے ہی تھے کہ راحیل نے اس کا ہاتھ پکڑ لیا۔

"یہ سب۔۔۔ آپ ہی کی وجہ سے ممکن ہو پایا ہے مام۔۔۔ مجھے کامیابی کی دعا دیجئے۔۔۔ My sweet mom۔۔۔ آپ کو جانے کیا جھیلنا پڑے گا نا۔۔۔؟ مگر میں آپ کے ساتھ ہوں مما۔۔۔ آپ گھبرائیے گا نہیں۔" اس کی آواز بھرا گئی۔

"صرف آپ۔۔۔ آپ مجھ سے ناراض مت رہیے گا کبھی۔۔۔ میں غلط نہیں ہوں نا مما۔۔۔؟"

تم کبھی غلط نہیں تھے، میرے فنکار۔۔۔ نائلہ اسے دیکھتی رہی۔۔۔ پھر سر ہلکے سے نفی میں ہلا کر اس کے چہرے پر ہاتھ پھیرا اور مسکراتی ہوئی باہر آگئی۔۔۔

***

میرا کے شام

"کِس سے بات کرنا ہے۔؟" فون پر جاذب سی نسوانی آواز سن کر صبیحہ نے پوچھا۔

"جی۔ آپ ہی سے۔" آواز میں ہلکی سے کھنک شامل ہو گئی۔

صبیحہ اُس آواز کو بخوبی پہچانتی تھی۔ یہ وہ آواز تھی جس کی وجہ سے اُسے عجیب عجیب تجربے ہوئے تھے۔ مختلف حالات سے دوچار ہونا پڑا تھا۔ اور خود صاحبہ آواز کو اُس نے مثبت اور منفی دونوں صورتوں میں ثابت قدم دیکھا تھا۔ ایسی ثابت قدمی کو صبیحہ نادانی بلکہ دیوانگی کہتی تھی۔ یا کچھ ایسی یکسوئی کہ سوائے ایک شے کے انسان ہر دوسری چیز سے اس درجہ بے نیاز ہو کہ خود اپنی پرواہ رہے نہ دوسروں کی۔ دوسروں میں تقریباً سب ہی آتے تھے والدین، اساتذہ، طلباء و طالبات، سکول کا عملہ اور ایک انسان کو چھوڑ کر ہر کوئی۔۔۔ بلکہ اُس انسان سے متعلق لوگ بھی۔

اور یہ سلسلہ کوئی چار برس سے جاری تھا۔

ایک دن صبیحہ کو عمران کے سکول کی طرف سے فون پر صبح آٹھ بجے معہ اپنے شوہر کے سکول پہنچنے کی ہدایت ملی تھی۔

عمران کے گھر پہنچنے پر صبیحہ نے اُس سے سکول بلائے جانے کی وجہ دریافت کی تو اُس نے لاعلمی ظاہر کی تھی۔ لیکن صبیحہ نے اُس کے محض چودہ سالہ معصوم سے چہرے پر پریشانی کے سائے لہراتے دیکھ لیے تھے۔ جنھیں پوشیدہ رکھنے کی کوشش کرتے ہوئے وہ

اپنے کمرے میں چلا گیا تھا۔

شام کو صبیحہ نے فون کے بارے میں عادل سے کہا تو وہ بھی سوچ میں پڑ گیا۔ کچھ دیر دونوں میاں بیوی قیاس آرائیاں کرتے رہے۔ پھر عادل نے بیٹے سے دریافت کرنا چاہا تو معلوم ہوا کہ معمول سے پہلے ہی سو چکا تھا۔

دوسری صبح، صبیحہ اور عادل سکول کے جس ہال میں اندر بلائے جانے کے منتظر تھے، وہاں دوسری طرف دو اور لوگ اُن کے آنے کے کچھ دیر بعد آ بیٹھے تھے۔ مرد سانولا، درمیانہ قد اور خوش لباس تھا اور عورت گورے رنگ کی بھلے سے چہرے والی خاتون تھی جو صبیحہ کی ہی طرح پریشان سی تھی۔ اور رہ رہ کر اپنے (غالباً) شوہر سے اسی بارے میں بات کر رہی تھی کہ سکول بلائے جانے کی کیا وجہ ہو سکتی ہے۔ اُس کا شوہر سر ہلا کر رہ جاتا اور زبان سے کچھ نہ کہتا۔ کچھ دیر بعد ایک لڑکی جس کی عمر تیرہ چودہ برس کی رہی ہو گی اُن کے پاس آئی تو عورت نے پریشان تاثرات کے ساتھ اُسے دیکھا۔

"بتا دے اب بھی۔۔۔ کیا بات ہوئی ہے؟" اُس نے لڑکی کے ماتھے سے بال ہٹائے۔ لڑکی کے بال سنہرے تھے۔ جلد سنہری مائل گوری تھی۔ آنکھیں بڑی بڑی تھیں اور قدرے سہمی ہوئی معلوم ہو رہی تھیں۔ جیسے ابھی ابھی کسی نے اُسے ڈانٹ دیا ہو۔ بھرے بھرے رُخسار اور چھوٹی سی ناک جس کا رُخ ذرا سا اوپر کو تھا، اُس کے چھوٹے سے دہانے کے گول چہرے پر نہایت جاذب نظر آتی تھی۔ نازک سی گردن پر سنہرے بال گہرے ہرے رنگ کے چھوٹے سے ہیر بینڈ میں پھنسے تھے اور گردن کے دونوں اطراف آ کر کالر والی سفید قمیض کو چھو رہے تھے جہاں گہرے سبز رنگ کی ٹائی میں ڈھیلی سی گرہ پڑی ہوئی تھی۔ اس نے آستینیں کہنیوں تک سمیٹ رکھی تھیں۔ اپنی گوری سڈول کلائی

میں سے سونے کا نازک سا بریسلیٹ اُتارتے ہوئے اُس نے عورت کو ایک نظر دیکھا اور سر نفی میں ہلا دیا۔

"کہا ناماماں۔۔۔ مجھے کچھ نہیں معلوم۔" اُس نے انگلی میں پڑی انگوٹھی بھی اُتار دی اور دونوں چیزیں ماں کی گود میں رکھ دیں۔

"پرس میں رکھ لو ماماں۔۔۔ یوں ہی ڈانٹیں گے۔" اس نے اِدھر اُدھر دیکھا اور صبیحہ اور عادل کو دیکھ کر ذراسا ٹھٹھکی تھی کہ اتنے میں عمران آکر دروازے کے باہر کھڑا ہو گیا۔ لڑکی نے اُسے دیکھا تو اُس کے ہونٹوں پر مسکراہٹ آ بھی نہ پائی تھی کہ آنکھوں میں خوف کے سائے سے لہرانے لگے۔ عمران نے اُسے دیکھا اور پھر آنکھیں ہلکی سی میچ کر سر کی خفیف سی جنبش سے نفی کا اشارہ کیا تو وہ مسکراتی ہوئی دوسری طرف دیکھنے لگی۔ اپنے 'فکر کی کوئی بات نہیں' کے اشارے کے ردِّ عمل میں لڑکی کو مطمئن ہوتا دیکھ کر عمران بھی مسکرا دیا تھا۔

صبیحہ یہ منظر سیاہ فلم لگے شیشے کے دروازے سے باہر بغور دیکھنے سے ہی دیکھ پائی تھی۔ پھر صبیحہ نے یہ بھی دیکھا کہ کچھ دیر پہلے سہمی ہوئی ہرنی سی آنکھوں والی لڑکی نے عمران کو دیکھ کر شانے اُچکاتے ہوئے ہاتھ ہلکے سے پھیلائے اور سر جھٹک کر ہنس دی جیسے کہہ رہی ہو کہ مجھے بھی کوئی پرواہ نہیں۔

کچھ منٹ بعد چار بالغ اور دو نابالغ لوگ وائس پرنسپل کے کمرے میں کھڑے تھے۔

لڑکی کا نام چاندنی شرما تھا۔ کمرے میں داخل ہونے کے بعد اُس کی آنکھوں میں خوف کے سائے پھر سے واضح ہو گئے۔ اس نے آستینوں کی سلوٹیں کھول کر کلائیوں پر بٹن بند کر لیے تھے۔ کالر والی سفید قمیض کے اُوپری کھلے بٹن کے قریب جہاں سبز ٹائی کی ڈھیلی گرہ بندھی تھی، پسینے کی ننھی ننھی بوندیں چمک رہی تھیں۔ وہ ہاتھوں کی انگلیاں

ایک دوسرے میں پھنسائے سر جھکائے اپنے جوتوں کو دیکھ رہی تھی۔

عمران اُس سے کچھ فاصلے پر گردن اُٹھائے آنکھیں نیچی کیے دونوں ہاتھ پیچھے باندھے سیدھا کھڑا تھا۔

"بیٹھئے مسز شرما۔" وائس پرنسپل نے کہا۔

"آپ لوگ بھی بیٹھئے۔" اُنھوں نے عادل کی طرف دیکھا۔

"ہاں تو عمران فاروقی۔۔۔ بتایا پیرنٹس کو۔۔۔"

عمران ایک قدم اُن کی طرف بڑھا اور اٹین شن میں کھڑا ہو گیا۔

"No sir" اُس نے سر اوپر اُٹھا کر جھکا لیا۔

"We did not do any thing sir" وہ دھیرے سے بولا۔

"Shut up۔۔۔ سب لوگ غلط ہیں۔۔۔ اور ایک تم سچّے ہو۔۔۔" وائس پرنسپل گرجے۔

"مسٹر فاروقی۔ یہ دونوں کل بریک کے بعد بھی پی ٹی گراونڈ میں بیٹھے تھے اور وہ Period ان دونوں نے Bunk بھی کیا تھا۔ تقریباً آدھے سے بھی زیادہ کلاس ختم ہونے کو تھی کہ یہ لڑکا آیا۔۔۔ اور یہ لڑکی۔۔۔ اس سے ایک کلاس پیچھے ہے۔۔۔ 8th میں۔۔۔ بھلا کیا لینا دینا۔۔۔" انھوں نے سر جھکایا۔

"And do you know ہاتھ میں ہاتھ ڈالے۔۔۔"

"No sir .No sir۔۔۔ وہ ریلنگ اُدھر سے۔۔۔ جہاں سے Short Cut ہے سر۔۔۔ اونچی تھی۔۔۔ تو چاندنی نے میرا ہاتھ پکڑا تھا۔۔۔ اترنے کے لیے۔۔۔" عمران نے جلدی سے کہا۔

"اور اُسی وقت چھوڑ دیا سر۔۔۔" چاندنی جھٹ سے بولی۔

"Sorry Sir"وہ دونوں ایک ساتھ بولے۔

"This shouldn't happen in future. آپ لوگوں کو ہم نے اسی لیے بلوایا ہے کہ یہ بات repeat نہ ہو۔ سکول کا ماحول خراب نہ ہو۔۔۔ اور بچّے یہاں پڑھنے آتے ہیں۔۔۔ یہ کوئی بات ہے۔۔۔؟ Written دو تم دونوں۔۔۔ کہ دوبارہ ایسا نہیں ہو گا۔۔۔ ہو اتو دونوں کو Suspend کر دیں گے۔۔۔ سمجھے۔۔۔؟"

"Yes Sir".

دونوں کاغذ کی تلاش میں اِدھر اُدھر دیکھنے لگے۔ کتابوں کے بستے وہ اپنی اپنی کلاس میں چھوڑ آئے تھے۔ وائس پرنسپل نے اپنے پی۔اے سے انھیں کاغذ کا ایک ایک ورق دینے کا اشارہ کیا۔ صبیحہ نے پرس میں سے قلم نکالا تو چاندنی نے ہاتھ بڑھایا اور صبیحہ کی آنکھوں میں دیکھا۔ صبیحہ کو معصوم سے چہرے پر اپنایت اور التجا کی عجب آمیزش نظر آئی تو ہونٹوں پر آ رہی مسکراہٹ کو اُس نے بڑی کوشش سے قابو میں رکھ کر قلم اُس کے ہاتھ میں دے دیا۔

باہر آ کر والدین لوگ آپس میں کچھ جھینپے جھینپے سے متعارف ہوئے، جیسے کہ سب اپنی جگہ خود کو مجرم تصور کر رہے ہوں۔ چاروں نے مل کر بچّوں کو کچھ سمجھایا۔۔۔ کچھ ڈانٹا بھی۔

بچّوں کو اپنی اپنی جماعتوں کو لوٹنا تھا۔ بچّے چلے گئے تو وہ چاروں پارکنگ تک ساتھ چلتے چلتے ایسے گھل مل گئے جیسے پرانے دوست ہوں۔ مگر ایک دوسرے سے اپنے اپنے بچّے کی غلطی پر ندامت ظاہر کر کے معافیاں بھی مانگ رہے تھے۔ اور آگے ایسا نہ ہونے کا یقین بھی دلا رہے تھے۔۔۔ ساتھ ہی اس بہانے اچھے لوگوں سے ملاقات ہو جانے کے لیے ایک دوسرے کے تئیں مسرت کا اظہار کیا گیا بلکہ اس تعارف کے لیے بچّوں کی

ممنونیت کا ذکر بھی ہوا۔

اس 'اینکاونٹر' کے بعد کبھی کبھی ایسا بھی ہوتا کہ صبیحہ فون اُٹھاتی تو کوئی اُس کی آواز سنتے ہی سلسلہ منقطع کر دیتا۔ اس بات سے اُسے عادل پر شک ہونے لگا کہ شاید کوئی عورت۔۔۔

وہ نہیں جانتی تھی کہ عادل کے ساتھ بھی ایسا ہو رہا ہے۔ اور ایک اتوار کی دوپہر جب عادل اپنے کسی خیالی رقیب کو اونچی آواز میں کھری کھری سنا رہا تھا تو وہ شرمندہ سی کمرے میں دُبکی رہی کہ اُس نے عادل پر بلاوجہ شبہ کیا اور اب جانے عادل کیا سمجھ رہا ہوگا۔

عادل نے فون لائن پر نمبر شناخت کرنے والا آلہ لگوایا تو Blank Calls آنا یکسر ہی بند ہو گئیں۔ یعنی blank caller کو اطلاع ہو گئی کہ نمبر شناخت ہو سکتا ہے۔

ادھر عمران فون پر گھنٹوں باتیں کرنے لگا تھا۔ اس وجہ سے کئی ضروری کام رہ جاتے۔ ڈانٹ کھا کر بھی فون نہ چھوڑا جاتا۔

بس ماماں۔۔۔ دو منٹ اور۔۔۔ میرا ایک دوست ہے۔۔۔ ہوسٹلر ہے۔۔۔ وہ بہت بیمار ہے۔۔۔ اُس کے Room Mate کے ساتھ Discuss کر رہا ہوں کہ اُس کے Parents کو Inform کریں۔۔۔ یا۔"

وہ بھولے پن سے بتاتا اور صبیحہ پریشان ہو جاتی اور سب کام بھول کر بیمار لڑکے کے بارے میں مزید دریافت کرتی۔

ایسے عجیب عجیب حادثے اب اکثر سننے میں آتے تھے۔

کبھی کسی دوست کا ایکسیڈنٹ میں پاؤں زخمی ہو جاتا اور عمران اس کی مزاج پرسی کے لیے جانے سے گھر دیر سے پہنچتا اور کبھی پریکٹیکل کرتے کرتے سکول کی بس نکل جاتی اور گاڑی بھجوانا ہوتی۔

بات جب کھلی جب سکول کے Reception سے مزید فون آنے لگے اور گھر میں شکایت نامے بھی پہنچنے لگے۔

۔۔۔ کل آپ کا بیٹا اور چاندنی۔۔۔ چھٹی کے بعد سکول کے پھاٹک کے پاس زینے پر بیٹھے ایک گھنٹہ باتیں کرتے رہے۔۔۔

۔۔۔ آپ کے بیٹے نے گیٹ کیپر کے ساتھ بدتمیزی کی۔ اس نے صرف سکول میں رکنے کی وجہ پوچھی تھی۔۔۔

۔۔۔ آپ کے بیٹے نے چاندنی سے جھگڑنے پر ایک لڑکے کو تھپڑ مارا۔۔۔

۔۔۔ آپ کے بیٹے نے ہوسٹل کے لڑکوں سے لڑائی کی۔۔۔

۔۔۔ آپ کے بیٹے نے اس ہفتے حساب کی کوئی کلاس اٹینڈ نہیں کی۔۔۔

۔۔۔ آپ کے بیٹے نے کلاس ٹیچر کے ساتھ بحث کی۔۔۔

۔۔۔ آپ کا بیٹا سٹاف پارکنگ کے پیچھے چاندنی کے ساتھ کوک پی رہا تھا وغیرہ۔

اس بیچ عادل نے دو ایک دفعہ عمران کو تھپڑ لگائے تھے اور عاق کرنے کی دھمکی دی تھی۔

اور چاندنی سے ماں نے بات کرنا تقریباً چھوڑ دیا تھا۔

صبیحہ سے مسز شرما کی بات ہوا کرتی تھی۔

بچوّں پر کِسی سزا یا دھمکی کا کوئی اثر نہ ہوا اور یہ سلسلہ چلتا رہا۔ سال میں دو تین بار چاروں والدین کا سکول میں حاضر ہونا ناگزیر ہوتا گیا۔ یہاں تک کہ معاملہ پرنسپل تک پہنچ گیا۔

وہ مجرمین کی طرح شرمسار سے پرنسپل کے سامنے پیش ہوئے۔

"تین سال سے تم لوگوں کو سمجھا رہے ہیں۔۔۔ یہ سکول ہے یہاں نظم و نسق کی

پابندی لازمی ہے۔۔۔"

پرنسپل سر جھکائے اپنے کاغذوں کو دیکھتے ہوئے نرمی سے کہتے۔

"Sir یہ co-ed ہے تو بچّے۔۔۔ آپس میں بات تو کریں گے ہی۔۔۔ اور خدانخواستہ کوئی غلط بات تو نہیں ہوئی آج تک۔۔۔ ہاں۔۔۔ یہ ڈسپلن کی بات تو ہے ہی Sir اب یہ بڑے ہو رہے ہیں۔۔۔ ایسی حرکت دوبارہ نہیں کریں گے۔۔۔" صبیحہ سر جھکائے عمران کے پیروں کی طرف ایک نظر پھینکتی۔

"ہمیں اپنی بیٹی پر پورا Confidence ہے سر۔۔۔ اب ایسا نہیں ہو گا۔۔۔" مسز شرما چاندنی کی آنکھوں میں دیکھ کر کہتیں۔

"ہمیں بھی اپنے Students پر پورا بھروسہ ہے۔۔۔ یہ اچھے شہری بنیں گے۔۔۔ سکول کا نام روشن کریں گے۔۔۔ بس اپنی class کبھی Bunk نہ کریں۔۔۔ Discipline کا خیال رکھیں۔۔۔ اور کیا چاہیے ایک ٹیچر کو۔۔۔ go۔۔۔ God Bless you" پرنسپل سب کو دیکھ کر ہلکا سا مسکرائے اور اپنے کاغذوں پر جھک گئے۔

معاملات کچھ سلجھتے نظر نہیں آرہے تھے۔

"صبیحہ جی۔۔۔ آج میرے کو پتہ کیا کہتی ہے۔۔۔" مسز شرما نے جنھیں اب صبیحہ کافی وقت سے سندھیا جی بلاتی تھی فون پر کہا۔

"جی۔۔۔ کون چاندنی کہتی ہے۔۔۔؟" صبیحہ بولی۔

"ہاں جی اور کون۔۔۔ آج میرے کو کہتی ہے۔۔۔ مجھے برتھ ڈے Present میں عمران چاہیے۔۔۔ میرے پیروں سے تو جمین کھسک گئی۔"

"God ایسا کہا اُس نے۔۔۔"

"اور کیا۔۔۔ اُس کے پاپا سنیں گے تو مار ڈالیں گے۔۔۔"

"پیار سے سمجھائیے نا۔۔۔ کہ ایسی باتیں نہیں کہتے۔"

"کہاں مانتی ہے صبیحہ جی۔۔۔ کہتی ہے میں نی ڈرتی کسی سے۔۔۔ بول دو چاہے پاپا کو۔۔۔ اب بتائیے کیا کروں۔۔۔"

"یہ تو بہت بری بات ہے۔ عمران بھی بد تمیز ہو رہا ہے آج کل۔۔۔ فون کرنے پر بحث شروع ہو جاتی ہے۔۔ کتاب تو میں دیکھتی ہی نہیں اُس کے ہاتھ میں کبھی۔۔۔" کچھ لمحے خاموشی چھائی رہی۔

"اب تو ہائی سکول ہے۔۔۔ فیل نہ ہو جائے کہیں۔۔۔ "صبیحہ نے ٹھنڈی سانس بھری۔

"اب آخر ہوگا کیا۔۔۔"سندھیا نے پوچھا۔

"پتہ نہیں۔۔۔ خدا ان کو عقل دے۔۔۔ میں تو خود ہی ہار گئی ان بچّوں سے۔۔۔"

"کیا کریں جی۔۔۔ بچّے تو بچّے ہیں۔۔۔ مگر یہ کہ اب جمانہ بالکل بدل گیا ہے۔۔۔ پہلے تو اپنے منھ سے کوئی بات نہیں کرتا تھا شادی کی۔۔۔ اور اب دیکھو۔۔۔" سندھیا پنجابی لہجے میں جب اردو بولتی تو صبیحہ کو بہت اچھا لگتا۔ ایک عجیب سادگی بھری متانت تھی اُس کی باتوں میں جس کی صبیحہ قدر کرتی تھی۔

"آپ فکر نہ کیجئے سندھیا جی۔۔۔ سب ٹھیک ہو جائے گا۔"

"آپ کو پتہ ہے۔۔۔ آپ کی بھاشا نا۔۔۔ میرے کو بہت اچھی لگتی ہے۔۔۔"

"اور مجھے آپ کی باتیں بہت اچھی لگتی ہیں۔۔۔"

سکول سے اب بلاوے کم اور شکایت نامے زیادہ آنے لگے اور ہر شکایت نامے کے بعد صبیحہ اور سندھیا کی ٹیلیفون پر باتیں ہوتیں۔

اُن دنوں سکول میں Annual Day کی تیاریاں ہو رہی تھیں۔ دونوں بچّے بھی کچھ مصروف ہو گئے تھے۔ چاندنی خوش گلو تھی اور عمران اداکاری اچھی کر لیتا تھا۔

صبیحہ نے سُکھ کا سانس لیا کہ فون پر اُن کی گھنٹوں کی باتیں کچھ کم ہوئیں۔۔۔ عمران مختلف ملبوسات پہن کر سکول جاتا۔۔۔ کبھی میک اپ کا سامان کبھی انگریزی ٹوپی ساتھ لی جاتی۔ لمبے لمبے جوتے اور گلوبند وغیرہ خریدے گئے۔ مصروفیات بھی بڑھتی گئیں۔

ادھر کئی دن صبیحہ کی سندھیا سے بات نہیں ہوئی تو صبیحہ نے فون ملایا۔

"بڑی لمبی عمر ہے آپ کی۔۔۔ میں تو آپ کو ہی یاد کر رہی تھی۔ سوچتی تھی جرا free ہو لوں تو بات کروں۔"

"دیکھئے نا دل کو دل سے راہ ہوتی ہے۔" صبیحہ نے نرمی سے کہا۔

"دل کو کیا ہوتی ہے۔۔۔" سندھیا نے نہایت سادگی سے پوچھا تو صبیحہ نے بڑی محبت سے سارا معاملہ سمجھایا جسے سن کر سندھیا ہنس دی۔

"آپ کو پتہ ہے۔۔۔ اُس دن جب ہم نے سکول میں دیر تک رکنے سے منع کیا۔ تو رو پڑی تھی کہ Rehearsal چل رہے ہیں۔۔۔ دو پلیٹیں اُٹھا کر دے ماریں۔۔۔ جمین پر۔۔۔ اتنی اچھی میری کراکری۔۔۔" وہ اطلاع دینے والے مخصوص لہجے میں بولی اور زور سے ہنسی۔

"پتہ ہے مجھے، اس کے پاپا کیا کہتے ہیں۔۔۔ کہتے ہیں۔۔۔" وہ قہقہوں کے درمیان رک رک کر بولتی گئی۔

"بولتے ہیں کہ میرے باپ نے بڑی گلتی کی پاکستان چھوڑ کر ادھر آگیا۔۔۔ اگر

میری اولاد نے ادھر یہ ہی کرنا تھا تو فرِ پاکستان کیا بُرا تھا۔۔۔"وہ پل بھر کو رُکی۔

"پتہ ہے صبیحہ جی۔۔۔ بھگوان جانتا ہے۔۔۔ یہ دھرم کی بات بیچ میں نہ ہوتی تو۔۔۔ میں نے نا، ابھی سے آپ سے اپنی بٹیا کے لیے۔۔۔"

"آپ بھی یقین کیجئے کہ یہ مذہب کا معاملہ نہ ہوتا تو میں بھی۔۔۔ جھولی پسار کر آپ کی بٹیا کا ہاتھ مانگ لیتی۔۔۔ اور ساری عمر اُسے سینے سے لگائے رکھتی۔"صبیحہ نے دھیرے سے جملہ مکمل کیا۔

اینول ڈے کی تقریبات کے بعد فون کا سلسلہ کچھ اور کم ہو گیا۔

صبیحہ کو احساس بھی نہ ہوا کہ فون کو گھنٹوں خاموش دیکھ کر وہ سوچوں میں ڈوب سی جاتی تھی۔

جب صبیحہ کو یقین ہو گیا کہ بچّے آپس میں بات نہیں کر رہے تو اُس نے سندھیا سے معلوم کرنے کا فیصلہ کیا، مگر خود سندھیا نے یہی بات دریافت کرنے کے لیے فون کیا۔ معلوم ہوا کہ چاندنی نے کھانا پینا چھوڑ رکھا تھا۔ اور عمران بھی گھر میں کچھ چڑچڑے پن کا مظاہرہ کرنے لگا تھا۔ بہانے بنا کر روتا تھا۔ نہ کھانے کے برابر ہی کھاتا تھا وغیرہ۔۔۔ اس طرح کی گفتگو کے بعد ماؤں نے ادھر اُدھر ٹیلیفون کھڑکھڑائے۔۔۔ کچھ وجہ معلوم نہ ہوئی۔۔۔ مگر پھر تین چار روز کے اندر اندر فون والا سلسلہ بحال ہو گیا۔ اور نہ صرف ماؤں نے بلکہ والد صاحبان نے بھی سُکھ کا سانس لیا کہ جانے کب اُن دونوں کے اس تعلق نے والدین کے دلوں میں ایک جگہ بنالی تھی۔

"اس کے پاپا بھی پوچھ رہے تھے کہ بچّوں میں جھگڑا تو نہیں ہوا۔۔۔"سندھیا نے یہ بات فون پر بچّوں کی موجودہ حالت کی نوعیت کے بارے میں بات کرتے ہوئے دوبار کہی

تھی۔ جسے سن کر صبیحہ اُداسی سے مسکرادی تھی۔

"ہاں۔۔۔ عادل بھی یہی پوچھ رہے تھے۔۔۔" وہ بولی تھی۔

مگر ادھر فون پر باتوں کے درمیانی وقفے کچھ زیادہ ہوگئے اور باتوں کا وقت کچھ کم۔

شاید چشمک ابھی باقی تھی۔ صبیحہ سوچا کرتی۔

"چاندنی کو کسی نے بتایا تھا کہ عادل کسی لڑکی سے باتیں کرتا تھا۔" سندھیا نے فون پر کہا۔ "بعد میں پتہ چلا کہ گلت فہمی تھی۔۔۔ جو فِر دور ہوگئی تھی۔"

"" چلیے اچھا ہوا۔۔۔ ہنسنا بولنا چھوڑ دیتے ہیں بچّے تو۔۔۔"

"میرا تو صبیحہ جی سارا گھر ہی دُکھی لگ رہا تھا۔۔۔"

"بچّے شاید سمجھدار ہوگئے ہیں اب۔۔۔ فون پر باتیں کم ہوتی ہیں۔۔۔"

"exams بھی تو آرہے ہیں ان کے۔۔۔"

"ہاں۔۔۔ یہ تو ٹھیک ہے۔۔۔ شاید اسی لیے۔۔۔" صبیحہ کہتی۔

امتحانات شروع ہو کر ختم ہوگئے۔ مگر فون دھیمی رفتار سے ہی ہوتے رہے اُدھر سکول سے بھی کوئی شکایت نہ آئی۔

شاید عمر کے ساتھ ساتھ بچّے احساس ذِمہ داری اور فرائض کی اہمیت سمجھ رہے تھے۔ مگر کبھی کبھی صبیحہ اُداس سی ہو جاتی کہ اب سال ڈیڑھ سال سے چاندنی صبیحہ کی آواز سن کر فون کا سلسلہ منقطع نہیں کرتی تھی۔

"آنٹی۔۔۔ میں عمران سے بات کر لوں۔" پیار سے لبریز میٹھی سی آواز میں وہ گھنگھروؤں کی سی کھنک لیے عجب انداز میں التجا سی کرتی تو صبیحہ کا ممتا بھرا دل اُس کے لیے محبت سے چھلک جاتا۔

"ہاں بیٹا۔۔۔ایک منٹ" وہ مختصر ساجواب دیتی۔

اب کئی روز سے صبیحہ نے اُس کی آواز نہیں سنی تھی۔ٹیلیفون کا ایک کنیکشن عمران کے کمرے میں بھی لگ گیا تھا اُس کا کمپیوٹر بھی وہیں تھا۔اب اسی نمبر پر فون کرتی ہو گی چاندنی۔پھر اب چاندی کے پاس موبائل فون بھی ہے۔صبیحہ مسکرا کر سوچتی۔

نئی جماعت کے فارم بھرنے والے دن سندھیا اور صبیحہ کی سکول میں ملاقات ہوئی تھی۔

صبیحہ جی۔۔۔میں تو چاندنی کی فوٹو لائی ہی نہیں۔۔۔عمران کہاں ہے؟" سندھیا نے مسکرا کر پوچھا تھا۔"میں نکلی تو سو رہی تھی۔۔۔بتایا بھی نہیں کہ فوٹو چاہیے۔"

"ابھی آرہا ہے۔۔۔"صبیحہ کا گھر سکول سے زیادہ دور نہ تھا۔وہ بھی مسکرا کر بولی۔۔۔سمجھ گئی میں۔۔۔"صبیحہ کو ہنسی آگئی تو سندھیا بھی قہقہہ لگا کر ہنس دی۔

"ہے نا Short cut اُس کے پاس تو جرور ہو گا۔۔۔فون کر کے بتا دیں اُسے کہ چاندنی کا ایک فوٹو لیتے آنا۔" اُس پر دونوں ہنستی رہی تھیں۔پھر ساتھ ساتھ کینٹین جا کر کافی بھی پی۔

پھر کچھ دن بعد صبیحہ نے فون پر ایک نئی آواز سنی۔

"Hello, may I please speak to Imran" کسی لڑکی نے بڑے مضبوط لہجے میں کہا۔

"Who is that?" صبیحہ نے پوچھا تو اُس نے اپنا نام بتائے بغیر اسی مضبوطی سے کہا کہ وہ اُس کی دوست ہے۔

خیر یہ پبلک سکول کا کلچر۔۔۔دوستی تو ہوتی ہو گی Students میں ہلکی پھلکی۔۔۔وہ

اپنے آپ سے کہتی۔

کئی دن سے اُس کی سندھیا سے بھی کوئی بات نہ ہوئی تھی۔

پھر ایک دن سکول کے اوقات میں سندھیا کا فون آیا تھا۔

چاندنی سکول میں بے ہوش ہو گئی تھی۔ عمران سے اُس کا جھگڑا ہو گیا تھا۔ اُس کی فرینڈس نے فون کیا تھا۔۔۔ اور اُسے ہوش میں لایا۔۔۔ سکول بس میں بٹھایا۔ "جرا پوچھنا تو صبیحہ جی۔۔۔ عمران اگیا کیا۔۔۔ کیا ہوا تھا۔" سندھیا نے ایک ہی سانس میں کہا۔

"نہیں۔۔۔ تو۔۔۔ ابھی نہیں آیا۔۔۔ آپ مجھے چاندنی کا سیل نمبر دے دیں میں بات کرتی ہوں اُس سے۔۔۔"

صبیحہ نے چاندنی کو فون کیا تو وہ کانپتی ہوئی آواز میں ہیلو بولی تھی۔۔۔ اور پھر خاموش سسکتی رہی تھی۔

"کیا ہوا میری بٹیا۔۔۔" صبیحہ کے بیٹی نہیں تھی۔ اُس نے بے چینی سے پوچھا۔ پہلے اُس نے اِس طرح کبھی چاندنی کو مخاطب نہیں کیا تھا۔ سکول کی ملاقاتوں میں انھیں ظاہر ہے کہ ایک دوسرے کے والدین فلمی ولین کی طرح نظر آتے ہوں گے۔۔۔ چاندنی نہیں جانتی تھی کہ صبیحہ اُس سے محبت کرتی تھی۔ اور شاید چاندنی کی سِسکیاں سننے سے پہلے خود صبیحہ پر بھی یہ بات واضح نہیں تھی۔

"بہت۔۔۔ دنوں سے۔۔۔ Ignore۔۔۔ مار رہا تھا۔ آج اُس نے مجھے Get Lost کہا۔ بہت جور سے ڈانٹا۔۔۔ اور کہا جو مرجی کر۔" وہ ہچکیوں کے درمیان بولی۔

"کیوں۔۔۔؟" صبیحہ نے پوچھا۔

"کچھ نہیں آنٹی۔۔۔ میں نے کھڑکی کے ٹوٹے ہوئے کانچ پر اپنا ہاتھ دے مارا تھا۔۔۔"

"وہ کیوں بیٹا۔۔۔؟کیوں مارا تھا ہاتھ ٹوٹے ہوئے کانچ پر۔۔۔"صبیحہ نے جلدی سے پوچھا۔

"وہ سیما سے باتیں کر رہا تھا۔۔۔ایک نئی لڑکی آئی ہے۔۔۔ساری break میں اُس کے ساتھ تھا۔۔۔میرے کو بہت بُرا لگ رہا تھا۔۔۔پھر سُن کر آیا تھا بھاگا ہوا۔۔۔میرے ہاتھ پر رومال باندھا اور مجھے ڈانٹ کر چلا گیا۔"اُس نے ہچکی لی۔

"وہ بدل گیا ہے آنٹی۔۔۔"وہ رو پڑی"وہ مجھ سے پیار نہیں کرتا۔بے وفائی کر رہا ہے میرے سے وہ۔"

"نہیں۔۔۔میری گڑیا۔۔۔روتے نہیں۔۔۔غصّہ آگیا ہوگا اُسے۔تم نے اپنا ہاتھ جو زخمی کر لیا تھا۔"صبیحہ نے سمجھانے کے انداز میں کہا۔مگر اُسے حیرت بھی ہو رہی تھی کہ چیزیں کتنی دور تک چلی گئی تھیں۔

"سچی آنٹی۔۔۔؟"اُس نے معصومیت بھری بے اعتباری سے پوچھا۔اتنی سی عمر میں اتنے بڑے مسئلے پال لیتے ہیں بچّے۔صبیحہ نے سوچا۔

"ہاں اور کیا۔۔۔"صبیحہ نے یقین سے کہا۔

"یہاں بس میں بہت شور ہے۔۔۔میں گھر پہنچ کر آپ کو فون کروں گی۔"بس کے شور میں اُس کی آواز دب گئی۔

صبیحہ نے سندھیا کو فون کر کے ساری بات بتائی اور پریشان نہ ہونے کی تلقین کی۔

پھر سارا دن صبیحہ چاندنی کے فون کا انتظار کرتی رہی مگر اس کا فون نہیں آیا۔صبیحہ اتنی رنجیدہ ہو گئی تھی کہ خود اس کی سمجھ میں نہ آرہا تھا کہ وہ اتنی زیادہ پریشان کیوں ہو رہی ہے۔

وہ سونے کے لیے لیٹی تو اُسے بار بار یہ ہی خیال آتا کہ چاندنی اس کے بے وفا بیٹے کو

یاد کر کے رو رہی ہو گی۔ مگر ضروری نہیں کہ وہ بے وفا ہو۔۔۔ وہ اس سے کیوں بے وفائی کرے گا۔۔۔ وہ خود سے پوچھتی۔۔۔ مرد ہے نا۔۔۔ اس کی محبت کی بہتات سے وقتی طور پر کچھ لا پرواہ ہو گیا ہو۔۔۔ یکسانیت سے گھبرا اُٹھا ہو۔ مگر ایسے کیسے وہ دل دُکھا سکتا ہے اُس کا۔ کچھ مہینے ہی اور ہیں اُس کے سکول میں۔ پھر جانے کون کہاں جائے۔ مستقبل تو صرف خدا جانتا ہے مگر وہ چاندنی سے ایسا سلوک نہیں کر سکتا۔۔۔ صبیحہ کی آنکھوں میں چاندنی کا چہرہ گھوم جاتا۔

لیکن چاندنی کو خوش رہنے کے لیے اُس کے سہارے کا محتاج نہیں رہنا چاہیے۔ ایسے تو۔۔۔ وہ کہیں اپنے آپ کو کچھ۔۔۔ اُس نے فون بھی نہیں کیا۔۔۔ کہیں وہ رو نہ رہی ہو۔۔۔ وہ سو بھی نہیں پا رہی ہو گی۔ گھر میں کوئی نہ جانتا ہو گا کہ ایک ننھی سی روح کتنی بے سکون ہے۔ کروٹیں بدل بدل کر اُس کے ریشمی بال الجھ الجھ گئے ہوں گے۔ اُس کے معصوم اور محروم دل سے آہیں نکل نکل کر اُس کی نیند جلا رہی ہوں گی۔ وہ سراپا محبت، نفرت کیسے سہے گی۔۔ مر جائے گی غریب۔۔۔

صبیحہ رو پڑی۔۔۔ یہ کیا ہو گیا۔۔۔

یہ تم کیا کر رہے ہو عمران۔۔۔

صبیحہ اُسے سمجھا بھی نہیں سکتی تھی کہ وہ اپنی سی کرتا تھا۔ اور رو دھو کر شور مچا کر اپنی بات منوا لیتا تھا۔

اُس دن آدھی رات کو چاندنی کا فون آیا۔

"مجھے آپ ہی سے بات کرنی ہے آنٹی۔" معصومیت اور محبت کی کھنکتی ہوئی آمیزش والی مانوس آواز آئی۔ "آپ سو رہے تھے۔۔۔Sorry۔۔۔"

"نہیں۔۔۔میری گڑیا تم ٹھیک ہونا؟" صبیحہ نے نہایت محبت سے کہا۔

"ہاں جی آنٹی۔۔۔" اس بار اُس کی آواز اُداس سی ہو گئی۔

"کیا ہوا بٹیا۔۔۔کیا ہوا ہے۔" صبیحہ نے پوچھا۔۔۔مگر چاندنی کی آواز رندھ گئی۔ وہ کچھ نہ بول سکی۔ اُس کی گھٹی گھٹی سسکیاں سنائی دیں۔

"روؤ نہیں بٹیا۔۔۔پلیز۔۔۔تم بتاؤ تو سہی۔۔۔" صبیحہ کی آواز رنجیدہ ہو گئی۔

"آنٹی۔۔۔ وہ اب مجھ سے ویسے نہیں ملتا۔۔۔ جیسے۔۔۔ پہلے۔۔۔" وہ سسکتی رہی۔

"اوہ۔۔۔کب سے۔۔۔" صبیحہ کا دل بجھ سا گیا۔

کئی دن ہو گئے۔۔۔ایک مہینہ۔۔۔نہیں۔۔۔بہت سے مہینے۔۔۔" وہ بلک بلک کر روتی رہی۔۔۔"وہ۔۔۔اب بدل گیا ہے۔۔۔"

"وجہ کیا ہوئی۔۔۔"

"میری سمجھ میں کچھ نہیں آتا۔۔۔ میں نے تو اُسے اتنا پیار دیا۔۔۔ کہ وہ پیار کی کوئی کمی محسوس نہ کرے۔۔۔ آپ لوگ اُس سے ناراض رہتے تھے نا پہلے۔۔۔ اسی لیے۔ میں نے وہی کیا جو اس نے کہا۔۔۔ کہا جینز مت پہنو۔۔۔ میں نے چھوڑ دی۔۔۔ کہا کسی لڑکے سے سکول میں بات نہ کرو میں نے کبھی نہیں کی۔۔۔ اُس کے لیے۔۔۔ اُس کے پیر میں موچ آئی تو میں نے ورت رکھے۔۔۔ خدا حافظ۔۔۔ انشاء اللہ اور آمین کہنا سیکھا۔۔۔" وہ بے اختیار اپنے دل کی باتیں بتاتی گئی۔ اُس کی معصوم باتوں سے صبیحہ کے ہونٹوں پر مسکراہٹ پھیل جاتی مگر آنکھیں نم ہو اُٹھتیں۔

"سب سو گئے تو میں نے۔۔۔ فون کیا۔۔۔ کہ کوئی میری حالت نہ دیکھے۔ مماں سے

کہا کہ سب ٹھیک ہے۔۔۔ بہت دیر کر دی میں نے؟"

"نہیں بیٹا۔۔۔ ایسا کچھ نہیں ہے۔۔۔"صبیحہ نے جلدی سے کہا۔

کتنی بے بس تھی وہ ننھی سی جان۔۔۔ غم کا پہاڑ اُٹھائے۔

"تم جب چاہو۔۔۔ چاہے آدھی رات ہو۔۔۔ فون کر لو۔۔۔ میں تو خود تمہاری وجہ سے بہت پریشان ہو رہی تھی۔۔۔ جاگ رہی تھی میں بھی۔۔۔"

"اچھا۔۔۔؟۔۔۔ اب پتہ ہے میری فرینڈس کیا کہتی ہیں۔۔۔ کہتی ہیں کہ تم نے اسے زیادہ لفٹ دی ہے۔ وہ سر چڑھ گیا ہے۔۔۔ کہتی ہیں بھول جاؤ اُسے۔۔۔ مت بات کرو اُس سے۔۔۔ میں یہ کیسے کروں۔ اُس نے آج تک میرے کو جتنے Flowers دیئے ہیں۔۔۔ میں نے سب اپنی Almirah میں سجا کر رکھے ہیں۔۔۔ اس کی ہر چیز۔۔۔ ہر Gift ہر بات سے اُس کی یاد آتی ہے۔۔۔"وہ رو پڑی۔

"نہیں بٹیا۔۔۔ روؤ نہیں۔۔۔ میں بتاتی ہوں کہ تم۔۔۔"

"کوئی گانا بجتا ہے تو وہ یاد آتا ہے۔۔۔ گھر میں روتی رہتی ہوں۔۔ سارا اسکول جانتا ہے۔۔۔ سب پوچھتے ہیں۔ اکیلا دیکھتے ہیں تو پوچھتے ہیں عمران کہا ہے۔۔۔ میں کیا کہوں کیا کروں۔۔۔ میں مہینوں سے نہیں سوئی۔۔۔ میں۔۔۔ میں آتم ہتیا کر لوں گی۔۔۔"

"سنو۔۔۔ سنو بٹیا۔ میں تمھیں ایک بڑی ضروری بات بتاتی ہوں۔۔۔"

"آنٹی۔۔۔ میری Friends نئی نئی چیزیں مانگتی ہیں Parents سے۔۔۔ میں صرف عمران مانگتی ہوں۔۔۔ اُن سے۔۔۔God سے۔۔۔ پھر میرے ساتھ ایسا۔۔۔"

"اگر تم بٹیا میری بات سُنو تو میں کچھ بتاؤں گی تم کو۔۔۔"معاملے کی سنجیدگی کا اندازہ ہوتے ہی ساری بات صبیحہ کی سمجھ میں آگئی۔ اُسے بے حد دُکھ ہوا۔

"سنوں گی۔۔۔ آپ بولو۔۔۔"

"مگر رو کر نہیں۔۔۔"

"ٹھیک ہے آنٹی۔۔۔"اُس کا دل رو کر کچھ ہلکا ہو گیا تھا۔ اُس کے ناک سکیڑنے کی آواز آئی۔

"تمہاری سہیلیاں ٹھیک کہتی ہیں۔۔۔ تم نے واقعی اسے سر چڑھا دیا ہے۔۔۔ تمہاری ابھی عمر دیکھو کتنی چھوٹی سی ہے۔۔۔ اپنا سارا پیار تم نے اسے دے دیا ہے۔ ہے نا؟"صبیحہ نے اسی کے انداز میں بات شروع کی۔

"ہاں جی۔۔۔"

"تم نے اُسے اُس کی نظروں میں Important بنا دیا۔ وہ خود کو تم سے بڑھ کر سمجھنے لگا ہے۔۔۔ جبکہ سب انسان برابر ہیں۔ اور پیار تو ہے ہی برابری کے احترام اور عزت کا نام۔۔۔ ابھی تو بٹیا تمھیں زندگی میں کتنے کام کرنے ہیں۔۔۔ ہیں نا۔۔۔"صبیحہ نے 'کتنے' کو کھینچ کہا۔

"کرنے تو ہیں۔۔۔"

"ٹھیک ہے نا۔۔۔ دیکھو انسان ہمیشہ غلطیاں کرتا آیا ہے۔۔۔ ہے نا۔۔۔ تو Admit کر لو۔۔۔ کہ تم سے بھی ایک غلطی ہو گئی۔ بچپنے میں تم نے ایک غلط انسان سے دوستی کر لی۔ باقی زندگی کو تو جہنم نہ بناؤ۔۔۔ کہہ دو اپنی Friends سے۔۔۔ اپنے Parents سے کہ تم سے غلطی ہو گئی ایک۔۔۔ والدین تمھیں اتنے قصور معاف کرتے آئے ہیں۔ وہ یہ بات بھی بھول جائیں گے۔ اُنہیں پتہ تو چل گیا ہو گا کہ تم لوگوں میں کچھ گڑبڑ چل رہی ہے۔۔۔ تم اُداس رہتی ہو۔۔۔ اُن سے تو کچھ چھپا نہیں ہوتا۔۔۔ ہے نا بیٹا۔۔۔"

"ہاں جی۔۔۔"

"خوش ہو جائیں گے کہ اب تم اور غم زدہ نہیں رہو گی۔۔۔ کم سے کم آگے کی زندگی تو سنور جائے گی نا۔۔۔"

"جی آنٹی۔۔۔ مگر۔۔۔"

"مگر کیا۔۔۔ تم سوچو نا بیٹا۔۔۔"

"میں جب سوچتی ہوں کہ عمران میر ا ساتھ نہیں دے گا تو میری جان سی نکلتی ہے۔ زندگی میں کچھ Meaning ہی نظر نہیں آتا مجھے۔۔۔" چاندنی کی آواز میں تھکن اور یاسیت تھی۔

"آپ نہیں جانتی آنٹی۔۔۔ میں کتنا پیار کرتی ہوں اُس سے۔ اگر خدانخواستہ مجھے اپنی ایک Kidney اُسے دینی پڑے تو دوسری بار نہیں سوچوں گی۔۔۔"

"آج تک جب بھی جھگڑا ہوا تو پہلے کون فون کرتا تھا۔" صبیحہ کو کسی سہیلی کی طرح وہ بے تکلفی سے اپنی باتیں بتاتی گئی تو صبیحہ نے بھی اچھا سامع ہونے کا ثبوت دیا۔ وہ سمجھ گئی تھی کہ چاندنی کو کسی با قاعدہ سمجھانے والے کی، با قاعدہ 'Counselling' کی ضرورت ہے۔

"میں ہی مناتی ہوں اُسے۔۔۔ ہمیشہ۔۔۔ سوچتی ہوں 12th میں ہے۔۔۔ کچھ مہینے بعد چلا جائے گا سکول چھوڑ کر۔۔۔ پھر کہاں ہو گا۔ کب دیکھوں جانے۔"

اُس نے ایک ٹھنڈی آہ بھری۔

"اگر قصور اُس کا ہو۔۔۔ تو بھی تم ہی مناتی ہو۔۔۔"

"ہاں جی۔۔۔ جھٹ سے فون کرتی ہوں۔۔۔ کہ لمبانہ کھچ جائے۔"

"مماں آ گئی آنٹی۔۔۔" اُس نے جلدی سے سرگوشی میں کہا۔

"اچھا میناکشی۔۔۔ میں بعد میں فون کروں گی۔" وہ اونچی آواز میں بشاشت سے بولی۔۔۔ اور فون رکھ دیا۔ کتنا کچھ سیکھ لیا تھا اُس نے۔ کتنا کچھ سکھا دیا تھا وقت نے اُسے۔۔۔ کتنا بالغ کر دیا تھا اُس کی سوچ کو محبت نے۔۔۔ اور کتنا تنہا اور غمزدہ بھی۔۔۔ صبیحہ کی آنکھیں پھر نم ہو گئیں۔ اس کی ایک اور وجہ بھی تھی جو اُس دن سارا وقت صبیحہ چاندنی کے بارے میں سوچتی رہی۔ اُسے بار بار اُس کی مغموم آواز اُس کا والہانہ انداز یاد آ کر اُداس کرتا رہا۔

پچھلے سال ایک بار جب صبیحہ کسی کام سے سکول گئی تھی تو لوٹتے وقت اُس نے لمبی سی راہداری میں کئی لڑکے لڑکیوں میں چاندنی اور عمران کو بھی دیکھا تھا۔ صبیحہ زینہ اتر رہی تھی تو چاندنی کی اُس پر نظر پڑ گئی تھی اور اس نے عمران سے کہا تھا۔ پھر ذرا محتاط سی ہو کر مسکرائی تھی۔ اور عمران کو دیکھ رہی تھی۔۔۔ صبیحہ نے سیاہ چشمہ پہن رکھا تھا۔ اس نے بالکل ظاہر نہ ہونے دیا کہ اُس نے بھی ان لوگوں کو دیکھا تھا۔ مگر چشمے کی اوٹ سے وہ وہاں سے گزرتے وقت ان ہی کو بلکہ صرف چاندنی کو دیکھ رہی تھی۔ صبیحہ خاصی تعلیم یافتہ تھی۔ اور نفسیات اُس کا محبوب مضمون رہا تھا۔

اُس دن بھی چاندنی کے تاثرات دیکھ کر وہ سوچ میں پڑ گئی تھی کہ اُسے دیکھ کر چاندنی کے چہرے پر جو تاثرات اُبھرے تھے وہ فطری تو تھے مگر جس طرح وہ عمران کو دیکھ رہی تھی وہ بالکل ایسا تھا جیسے وہ اپنے ٹھٹھکنے اور مسکرانے کے تئیں عمران کا ردِّ عمل جاننا چاہتی ہو۔ کہ اُس کے معصوم سے چہرے پر خوشامدانہ مسکراہٹ تھی۔ آنکھوں میں تعمیل پر آمادہ محکومیت کی جھلک تھی۔ وہ نیم سہمی سی پاؤں آگے پیچھے رکھتی ہوئی کھڑی تھی۔ پورے وجود سے خود اعتمادی کی ہر وہ جھلک غائب تھی جو صبیحہ نے پہلی بار اُس میں وائس پرنسپل کا سامنا کرتے ہوئے دیکھی تھی۔ اس کی صحت بھی گری ہوئی سی معلوم ہو

رہی تھی۔

جب سے صبیحہ کو اکثر یہ بات یاد آجاتی۔

"مماں چلی گئیں۔۔۔" صبیحہ نے فون اُٹھایا تو چاندنی کی آواز آئی۔

"آپ کو پتہ ہے آنٹی۔۔۔ گھر میں سمجھتے ہیں کہ سب ٹھیک ہے۔۔۔ میں خوش ہوں۔۔۔ انھیں کیا پتہ اتنی Sincere ہو کر بھی میں کتنی دُکھی ہوں۔۔۔"

"اور پھر بھی۔۔۔ اُس نے تمہاری قدر نہیں کی۔۔۔ اچھا یہ بتاؤ وہ سیما کیسی لڑکی ہے۔۔۔"

"وہ۔۔۔ وہ Tall ہے۔ اُس کا Skin بہت اچھا ہے۔۔۔ ایک بھی Pimple نہیں ہے۔ عمران کہتا تھا تیری آنکھوں میں گڈھے ہیں۔۔۔"

اُس کا جواب سُن کر صبیحہ کے ہونٹوں پر اُداس سی مسکراہٹ پھیل گئی۔

"اوہ۔۔۔ میرا مطلب تھا نیچر وغیرہ۔۔۔ مگر یہ بتاؤ کہ تم ڈائٹنگ تو نہیں کر رہیں نا۔۔۔ پچھلے برس دیکھا تھا دور سے تمھیں۔۔۔ کمزور لگ رہی تھیں۔"

"کرتی تو تھی ڈائٹنگ۔۔۔ مگر اب کئی مہینوں سے نہیں کر رہی۔۔۔ عمران نے کہا تھا۔۔۔ موٹی ہو گئی ہو۔۔۔"

"تو پھر تم نے۔۔۔ رو رو کر آنکھوں میں گڈھے بنا لیے۔۔۔ ہے نا؟"

"ہاں جی۔۔۔ اُسی کے لیے روئی اور وہی مذاق اُڑاتا ہے۔" اُس کی آواز میں شکوہ ہی شکوہ تھا۔

"تو پھر بٹیا۔۔۔ تم۔۔۔ اپنا آپ ایک ایسے آدمی کے لیے خراب کرو گی جس کو قدر ہی نہیں۔۔۔ اتنی ننھی سی عمر میں اتنے اتنے دکھوں سے آشنا کرا دیا تم کو ظالم نے۔۔۔"

صبیحہ کے دل میں اپنے بیٹے کے لیے غصے کی لہر دوڑ گئی۔۔۔ مگر اُسے چاندنی کے

تڑپتے دل کو کسی طرح سکون دینا تھا۔۔۔ اور کیسے۔ یہ اُس نے سوچ لیا تھا۔

"تم جانتی ہو تم کتنی خوبصورت ہو۔۔۔ کتنی پیاری ہو۔۔۔"

"کہاں ہوں آنٹی اب میں سندر۔۔۔ پہلے تھی۔۔۔"

"تو کیا اب تم سندر رہونا بھی نہیں چاہتیں۔۔۔ پہلے کی طرح؟"

"اب دل ہی نہیں کرتا۔ مجھ سے کچھ کرنے کی Will-power جیسے کہ چھن ہی گئی ہے۔۔۔ میرے میں آنٹی۔ Confidence ہی نہیں ہے نا۔۔۔"

اُس نے جیسے کہ تھک کر کہا۔

"کس نے کہہ دیا۔۔۔؟"

"عمران ہی کہتا ہے۔۔۔"

"تم میں۔۔۔ Confidence؟ نہیں ہے؟۔۔۔ Will-power نہیں ہے؟۔۔۔ بدھو لڑکی۔۔۔ یہ میں مان ہی نہیں سکتی۔ میں نے تو تم جیسی Strong لڑکی دیکھی ہی نہیں آج تک۔۔۔ ایک طرف تم تھیں۔ اور ایک طرف سارا Staff۔۔۔ تمہارے Parents اور ہم۔۔۔ سب سے اکیلے مقابلہ نہیں کیا تھا؟۔۔۔ نہیں۔؟" صبیحہ نے آواز میں مضبوطی پیدا کی۔

"ہاں جی۔۔۔ آنٹی۔" وہ دھیرے سے بولی۔

"ایک طرف اتنی بڑی دنیا تھی اور ایک طرف میری یہ ننھی سی ہرنی۔۔۔ ہرنی سی آنکھوں والی۔۔۔' اُس کا چھوٹا سا قہقہہ سنائی دیا۔

"جانتی ہو ننھی سی ہرنی کو کیا کہتے ہیں۔۔۔"

"کیا کہتے ہیں۔۔۔؟"

"اُسے غزالہ کہتے ہیں۔۔۔ جس کی بہت پیاری آنکھیں ہوں۔۔۔ تمہارے

جیسی۔"

"اور وہ میں ہوں۔۔۔" اُس نے میں پر زور دیا اور کھِلکھِلا کر ہنس دی۔

صبیحہ کی آنکھوں میں جانے کب سے آنسو بھرے تھے۔۔۔ وہ ٹپ ٹپ گرنے لگے۔

"میری نادان سی بھولی سی بچی۔" صبیحہ نے آواز کی یاسیت کو قابو میں کر لیا۔

"کیا تم نہیں چاہتیں کہ وہ پہلے سی مضبوط چاندنی۔۔۔ وہ پہلے سی خوبصورت۔۔۔ سکول کی سب لڑکیوں سے خوبصورت چاندنی۔۔۔ وہ پہلے سی Confident چاندنی۔ پھر لوٹ آئے؟"

"ہاں جی۔۔۔ چاہتی ہوں۔" اُس نے دھیرے سے کہا۔

"تو پھر بٹیا۔ اپنے بارے میں سوچو نا۔ اُس سے زیادہ خود اپنے آپ سے محبت کرو۔۔۔ رونا چھوڑ دو گی تو پہلے کی طرح سندر ہو جاؤ گی۔۔۔ تمھارا Skin بھی اچھا ہو جائے گا۔ تمہاری ہر بات سے Confidence چھلکے گا۔ اور ٹھیک سے کھا پی کر۔ نیند آنے لگے تو اُس کے بارے میں سوچ سوچ کر نیند اڑاؤ گی نہیں بلکہ اپنے بارے میں بہتر سوچ کر۔۔۔ اپنے آپ کو اور اچھا بنانے کے طریقوں پر غور کرتی ہوئی۔۔۔ Deep Breathing کرتی رہو گی۔۔۔ دیکھنا کیسی میٹھی نیند آئے گی تم کو۔۔۔ گہری گہری سانسیں لیتی اپنے Career کے بارے میں سوچتی ہوئی۔۔۔ کہ زندگی میں کیا بننا ہے۔۔۔ اچھی اچھی Positive باتیں اپنے بارے میں Decide کرتی۔ سو جانا۔۔۔"

"ہاں جی۔۔۔"

"ابھی تو تمہاری عمر کھیلنے کھانے کی ہے۔۔۔ پھر اپنا Future بنانے کی۔ پھر کہیں Settle ہونے کی باری آتی ہے۔۔۔ ہے نا؟ اس میں بھی کئی سال ہیں۔"

"ہاں جی۔۔۔ اب میں ایسا ہی کروں گی۔۔۔ کل نا سونے سے پہلے الماری سے کپڑے نکالنے لگی تو اس کی دی ہوئی ساری چیزیں۔۔۔ رو پڑی تھی میں۔"

"تم نے بیٹا اتنے برسوں اس کی ہر چیز سنبھال کر رکھی ہے نا۔۔۔"

"ہاں جی۔۔۔ ہر چیز الماری میں سجا کر۔۔۔"

"اب تم ان سب کو ایک بیگ میں ڈال کر اور اچھی طرح سنبھال لو۔۔۔ پھر وہ۔۔۔ وہ بیگ۔۔۔ ہاں اسے Bed کے Box میں ڈال دو۔۔۔ بس یہ سوچ کر کہ فی الحال پیار ڈبّے میں بند کر کے میں اپنے بارے میں سوچوں گی۔۔۔"

"پیار ڈبے میں بند کر دونگی۔۔۔" وہ کھلکھلا کر ہنس دی۔

"کیوں کرو گی۔۔۔"

"تا کہ مجھے اُس کی یاد میں رونا نہ آئے۔۔۔ اور میں اپنے لیے۔۔۔ اپنے لیے کچھ سوچ سکوں۔۔۔"

"شاباش۔۔۔ دیکھو، جس ماں باپ نے تمہارے لیے اتنا کیا ہے۔۔۔ کیا یہ اُنکا حق نہیں کہ ان کی بیٹی کسی لائق ہو جائے۔ اُن کے اُس خون کو جو تمہاری نسوں میں دوڑ رہا ہے کسی دوسرے کے لیے آنسو بنا کر نہ بہائے، بلکہ کچھ کر کے دکھائے۔ کچھ بن کر دکھائے۔"

"ہاں جی آنٹی۔۔۔ میں خوب پڑھوں گی تو مماں، پاپا بہت خوش ہوں گے۔"

"بالکل میری اچھی بٹیا۔۔۔ اور ادھر اُدھر کے خیالات کو، Disturbing خیالات کو بالکل من میں جگہ نہ دو گی۔۔۔"

"ہاں ایسا کچھ نہیں سوچوں گی۔۔۔" اُس نے مضبوطی کا مظاہرہ کیا۔

"اور۔۔۔ کیا تم نے نہیں سنا کہ "Its better to be loved than to love.

"جی۔۔۔ سنا ہے۔۔۔"

"تو پھر سمجھنے کی کوشش نہیں کی۔۔۔ آج اس پر بھی سوچنا۔۔۔ کہتے ہیں اگر تم کسی کو چاہتے ہو تو اُس کا پیچھا مت کرو۔۔۔ اگر وہ تمھارا ہے تو تمہارے پاس لوٹ آئے گا۔۔۔ اگر نہیں آتا تو اس کا مطلب ہے کہ وہ کبھی تمھارا تھا ہی نہیں۔۔۔ ہے نا۔۔۔ ہیلو۔۔۔"

"ہاں جی آنٹی۔۔۔ میں۔۔۔ آپ کی بات پر Concentrate کر رہی ہوں۔ ایسا کہتے ہیں کیا۔۔۔؟"

"ہاں۔۔۔ ہے نا پتے کی بات۔۔۔ تو بس پھر خود پر دھیان دو۔ خود کو بناؤ کچھ بن کر دکھاؤ۔ اُس کی نسبت خود کو اہمیت دو گی تو خوش رہنا آسان ہو جائے گا۔ کوئی بہت اچھی پوزیشن حاصل کر لو۔ اپنے پیروں پر کھڑی ہو جاؤ۔"

"جی ہاں۔۔۔"

"تو اب تم ان باتوں پر عمل کرنا۔۔۔ پھر ایک عمران تو کیا ایسے دس عمران تمہارے آگے پیچھے ناک رگڑیں گے۔۔۔ اور نہ بھی رگڑیں تو کیا فرق پڑتا ہے۔"

وہ چھوٹا سا قہقہہ لگا کر ہنسی۔ "تو بس میری بٹیا۔۔۔ اب تم کیا کرو گی۔"

"میں اچھے سے Exams کی تیاری کرونگی۔۔۔ اپنے کیریئر پر Concentrate کروں گی۔۔۔ اپنی health اور beauty کا خیال رکھوں گی اور خود کو اچھا بناؤں گی۔۔۔"

"شاباش۔۔۔ Good Girl۔۔۔ اپنے آپ کو بالکل پہلے جیسی پیاری اور پہلے سے بھی قابل لڑکی بنا کر دکھاؤ گی۔ کچھ کر دکھاؤ گی تو سب لوگ تمھارا نام فخر سے لیں گے۔۔۔ تمھیں کس میں دلچسپی ہے۔۔۔؟"

"مجھے Fashion Designing میں۔۔۔ Jewellery Designing میں بھی۔ میری آرٹ فائل میں ہمیشہ Good اور Excellent ملا ہے مجھے۔۔۔"

"تو بس بٹیا۔۔۔ تم تو بہت اچھا job بھی کر سکتی ہو۔ اور Self-employment بھی۔۔۔Good ملا ہے کیا۔۔۔ مطلب اب نہیں ملتا؟"

"اب میں نے دل لگا کر پڑھا ہی نہیں بہت دن سے۔۔۔"

"مگر اب تو پڑھو گی نا تم۔۔۔ تم فن کار ہو۔۔۔ تم بلکہ ہر Situation میں سے Positive Aspect ڈھونڈ سکتی ہو۔۔۔ ذرا سی کوشش کرنا ہے۔ ایک ہی تو زندگی ملتی ہے انسان کو۔۔۔ ایک ہی تو موقع ملتا ہے خود کو Prove کرنے کا، ہے نا۔"

"ہاں جی آنٹی۔۔۔ میں فیشن ڈیزائننگ میں ڈپلومہ کر کے اپنا Boutique کھولوں گی۔۔۔ میں نے یہی سوچا تھا۔ اُس کے لیے باہر جاؤں گی۔۔۔"

"یہاں بھی تو ہو سکتا ہے۔۔۔ دُور کیوں جاؤ گی اپنے Parents سے۔۔۔ ڈگری کہیں کی بھی ہو، Success تمہاری Creativity پر Depend کرتی ہے۔۔ تمہاری اپنی محنت پر۔۔۔ ہے نا۔۔۔"

"یہاں رہوں گی تو مجھے عمران کی یاد آتی رہے گی۔ کچھ نہیں کر پاؤں گی۔ اس ماحول سے دور جا کر کچھ کروں گی، کچھ بنوں گی تو پھر عمران میرے پاس لوٹ آئے گا۔" اُس نے نہایت سادگی سے جواب دیا اور ایک لمبی سانس لی۔ "ہے نا آنٹی۔"

"ہاں بیٹا۔۔۔"

صبیحہ نے ہاری ہوئی اُداس آواز میں کہا۔

***

ایسے مانوس صیّاد سے۔۔۔

"کبھی کبھی آپ کو ایسا تو محسوس نہیں ہوتا کہ اگر آپ نے گھر خالی کر دیا ہو تا تو مشرا جی کے بچّوں کا گھر شاید نہ ٹوٹتا۔"

شینا نے سعید صاحب کے چہرے کی طرف بغور دیکھا۔ اُسے یقین تھا کہ اس بات کے جواب میں سعید صاحب کے ضمیر کا سارا بوجھ اُس کے سامنے عیاں ہو جائے گا۔

سعید صاحب نے میز پر سے پانی کا گلاس اُٹھایا اور ایک گھونٹ بھر کر واپس رکھ دیا پھر آہستہ سے روٹی کا نوالا توڑ کر ہاتھ سالن کی کٹوری کے کنارے کے قریب روک کر شینا کی رکابی کو دیکھنے لگے۔

"آپ نے تو کچھ کھایا ہی نہیں۔۔۔ آپ باتوں میں اُلجھ گئیں یا پھر تکلّف۔۔۔"
وہ نرمی سے مسکرائے۔

کوئی مہینہ بھر پہلے شینا کی تقرری اس یونیورسٹی میں فلسفے کی ٹیچر کی حیثیت سے ہوئی تھی۔ یہ شہر اُس کے گھر سے بہت دور تھا۔ اور یونیورسٹی کی جانب سے رہائش الاٹ ہونے میں ابھی دیر تھی۔ کرائے کی رہائش کا انتظام کرنا اور پھر تنہا رہنا۔۔۔ وہ سوچ میں پڑ جاتی۔ کچھ دن سے وہ یونیورسٹی کے گیسٹ ہاؤس میں ٹھہری ہوئی تھی مگر وہاں بھی آخر کب تک۔۔۔ اس سے پہلے کہ اُس کی پریشانی بڑھ جاتی، سعید صاحب نے اُسے انتظام ہو جانے تک اپنے گھر میں رہنے کی دعوت دی۔ اُن کے پاس دو خواب گاہوں والا فلیٹ تھا۔ بیٹی

سسرال چلی گئی تھی اور اُس کا کمرہ خالی پڑا تھا۔

شینا سعید صاحب کی نیک طینت شخصیت سے پہلے ہی متاثر تھی۔ اُن کی بیگم سے ملاقات ہونے کے بعد شینا نے بخوشی اُن کی دعوت قبول کر لی۔

سعید صاحب ہر ایک کی مصیبت میں کام آنے کے لیے مشہور تھے۔ جہاں اُن کا گھر تھا وہ جگہ بہت خوبصورت تھی۔ کشادہ چوکور پارک کے تین اطراف تعمیر کیے گئے تقریباً ایک جیسی ساخت کے مکانات۔ یعنی سامنے کی طرف مکانوں کا سلسلہ نہ تھا اور ایک کشادہ سی سڑک تھی۔ جس سے بصارت کو بھی کھلے پن کا احساس ہوتا تھا۔ کہ سڑک پر آمد و رفت محض اتنی ہی تھی جتنے لوگ ادھر اُدھر رہا کرتے تھے۔

درختوں سے گھرا ہریالی سے بھرا علاقہ۔ دن بھر پرندوں کی چہچہاہٹ کانوں میں رس گھولتی معلوم ہوتی۔ ماحول پُر سکون رہتا۔

سعید صاحب کا فلیٹ دوسری منزل پر تھا اور اوپر بڑی سی چھت تھی جہاں سے صرف کھلا آسمان نظر آتا۔

نچلے فلیٹ میں مشرا جی رہتے تھے، اپنی ضعیف اہلیہ کے ساتھ۔

ایک دن جب شینا یونیورسٹی سے لوٹی تو دونوں میاں بیوی باغیچے میں بیٹھے تھے۔ بانس کی پرانی کرسیوں کے سامنے بانس کی ہی گول میز پڑی تھی جس کی اوپری سطح پر کانچ لگا ہوا تھا۔ میز پر چائے کے برتن رکھے تھے۔

"آداب عرض ہے بِٹیا۔" شینا اُن کی موجودگی محسوس کر کے دائیں بائیں نہ دیکھ کر راہداری پار کر رہی تھی کہ مشرا جی نے پکار کر کہا تھا۔

"جی، آداب۔" وہ دونوں کی طرف باری باری دیکھ کر مسکرائی۔

"آؤ چائے پیو ہمارے ساتھ۔" مسز مشرا نے سر اثبات میں ہلا کر کہا۔

"میں کپ لاتی ہوں۔" وہ کرسی سے اُٹھنے لگیں۔

"نہیں نہیں۔ آپ تشریف رکھئے۔۔۔ میں لاتی ہوں۔" شینا نے خوشدلی سے کہا اور گھر کے اندر کی طرف لپکی۔ اندازہ تھا کہ باورچی خانہ کہاں ہے کیونکہ دونوں منزلوں کی ساخت یکساں معلوم ہوتی تھی۔ وہ پیالی لے کر باہر آگئی اور کرسی کھینچ کر اُن کے سامنے بیٹھ گئی۔

"سعید صاحب کی رشتہ دار ہو؟" مسز مشرا نے پیالی میں چائے اُنڈیلتے ہوئے پوچھا۔

"جی بس۔۔۔ ایک اپنائیت سی ہے ان لوگوں کے ساتھ۔"

شینا نے گردن کو ایک طرف خم دے کر نرم سے لہجے میں کہا۔

"سعید صاحب کے ساتھ ہی میں بھی یونیورسٹی میں ہوں۔"

شینا نے اپنی پیالی میں ایک چمچ چینی ڈال دی اور مسز مشرا نے اُس میں ذرا سا دودھ انڈیل دیا۔

"تمہارے آنے سے رونق سی آگئی ہے۔" انھوں نے پر خلوص نظروں سے شینا کو دیکھا اور پیالی ہاتھ میں لے کر دونوں ہاتھوں سے شینا کو پکڑا دی۔ شینا نے دیکھا کہ ان کے ہاتھ ہلکے ہلکے کانپ رہے تھے۔ اس نے جلدی سے پرچ پیالی تھام لیے۔

"میں بھی آپ لوگوں سے ملنا چاہ رہی تھی مگر۔۔۔ تعارف نہیں ہوا تھا۔ اس لیے ذراسی جھجک۔۔۔"

"محبت میں تعارف کی ضرورت ہی نہیں۔۔۔ بس آ جاتیں۔۔۔" مسٹر مشرا بولے۔

زینہ اُترنے کی آواز آنے پر شینا نے مُڑ کر دیکھا۔ بیگم سعید تھیں۔

"میں اپنے لیے پیالی لینے جارہی ہوں۔۔۔ سمجھ گئی تھی کہ انکل آنٹی نے روکا ہو گا

تمھیں لان میں۔" وہ مسکراتی ہوئی بولیں اور باورچی خانے کی طرف مڑیں۔

"صبا۔۔۔ اب دو لے آنا۔۔۔ تمہارے میاں بھی آ رہے ہوں گے۔" مشرا جی کی بیگم نے آواز لگائی۔

"اکثر شاموں کو ایسا ہی ہوتا ہے۔۔۔ ہم سب یہاں جمع ہو جاتے ہیں۔۔۔" بیگم صبا سعید نے ایک کرسی میز کی جانب کھسکاتے ہوئے کہا۔

"تیس ۳۰ برس کی شناسائی ہے۔۔۔ کوئی مذاق نہیں۔ عادت سی ہو گئی ہے ان لوگوں کی۔" مشرا جی کی آواز میں کچھ سنجیدگی گھل گئی۔

"اور گھر میں کون کون۔۔۔" شینا نے پوچھنا چاہا تو بیگم سعید جلدی سے بولیں۔

"بس یہ ہی دو ہیں اور ہم۔۔۔ کافی نہیں ہیں۔۔۔؟" انھوں نے ہلکا سا قہقہہ لگایا مگر بزرگ میاں بیوی کے چہروں پر سنجیدگی سی اتر آئی۔ لمحہ بھر بعد مسز مشرا نے ہاتھ میں پکڑی ہوئی پیالی میز پر رکھ دی۔

"ایک بیٹا ہے ہمارا۔۔۔ امریکہ میں رہتا ہے۔۔۔" اُن کے چہرے پر ہلکی سی چمک نظر آ رہی تھی۔

"دو سال پہلے آیا تھا۔۔۔ شاید اس سال بھی آئے گا۔۔۔ تمھیں ملوائیں گے اُس سے۔" مشرا جی نے بے تاثر چہرہ لیے کہا اور چائے پینے لگے۔ مسز مشرا نے ایک بسکٹ کے دو چار ٹکڑے کر کے دیوار کی طرف اچھال دیئے۔ ادھر ایک چھوٹا سا درخت تھا۔ جو دیوار کی اونچائی سے کچھ ہی اونچا تھا۔ اُس پر دو گلگچیاں بیٹھی تھیں۔ بسکٹ دیکھ کر ایک گلگچیا چہکی۔ اونچی باریک آواز میں۔۔۔ اور سب کو ہنسی آ گئی۔ دوسری پھُر سے نیچے اُڑ آئی، کچھ دیر بعد پہلی بھی آ گئی۔ دونوں بسکٹ پر زور آزمائی کرنے لگیں۔

"پچھلے کئی سال سے یہ مینائیں ادھر رہتی ہیں۔" صبا بیگم بولیں۔

"ہاں تعجب ہے۔۔۔ اور ہمیشہ دو ہی نظر آتی ہیں۔" مسز مشرا نے کہا۔

"حالانکہ ان کا گھونسلہ بھی ہے۔۔۔ اُدھر۔۔۔ اوپر اُس جگہ وہ جہاں سے ایک اینٹ نکلی ہے نا۔۔۔" صبا بیگم نے کہا۔

"جب ہم گھر بنا رہے تھے تو۔۔۔ کوئی۔۔۔ ۳۲ برس پہلے۔۔۔ اوپر کا لکڑی کا ڈھانچہ بنا ہوا تھا۔۔۔ آس پاس۔۔۔ مزدوروں کے کام کرنے کے لیے۔ اسی دوران کہیں ان میناؤں نے یہاں گھونسلہ بنا دیا تھا۔ جب مکان مکمل ہو رہا تھا تو بانس کا وہ ڈھانچہ کھولنا پڑا تھا۔۔۔ دیکھا تو لکڑی اور دیوار کے درمیان۔۔۔ ایک گھونسلہ ہے۔۔۔ ریکھا کی نظر پڑی تھی۔۔۔ ورنہ مزدوروں کو تو بس اُکھیڑنے کی جلدی تھی۔" مشرا جی نے بیوی کی طرف دیکھا اور گھونسلے کی طرف ہاتھ سے اشارہ کیا۔

"میں نے پھر وہاں سے ایک اینٹ نکلوا کر بڑی احتیاط سے وہ گھونسلہ خالی جگہ میں منتقل کر دیا۔" مسز مشرا بولیں۔

"دو انڈے بھی تھے نا اُس میں۔۔۔ آپ نے بتایا تھا۔" صبا بیگم نے کہا۔

"ہاں تھے تو۔۔۔ جانے کیا ہوا۔۔۔ یا تو بچّے بڑے ہو کر یہیں رہتے ہیں اور ماں باپ اڑ جاتے ہیں۔۔۔ یا پھر بچّے ہی کہیں اور اُڑ جاتے ہیں۔۔۔

بچّے ہی کہیں اُڑ جاتے ہوں گے۔" انھوں نے ایک دبی دبی سی گہری سانس لی۔ نظر تو بس یہ دو ہی مینائیں آتی ہیں۔۔۔ ہمیشہ۔"

مشرا جی اور ریکھا مشرا کے ہونٹوں پر بے معنی سی مسکراہٹ پھیلی ہوئی تھی۔

"کتنے اُداس ہوتے ہیں ماں باپ۔"

صبا بیگم اور شینا جب اوپر آ گئیں تو شینا نے کہا۔

"بچّے جانے کیوں چھوڑ جاتے ہیں اس طرح۔۔۔ والدین کو۔" شینا کے لہجے میں دُکھ تھا۔

"نہیں۔۔۔ دراصل ان کا لڑکا بہت فرمانبردار تھا۔" صبا بیگم باورچی خانے کی طرف بڑھیں۔ شینا اُن کے پیچھے ہولی۔

"تو پھر کیا ہوا۔۔۔ اتنی دور۔۔۔ بوڑھے ماں باپ"۔ شینا نے پوچھا۔

صبا بیگم نے باورچی خانے کی کھڑکی کھول دی جو گیس کے چولہے کی دوسری طرف تھی۔ وہاں پیڑوں کی اونچی شاخیں نظر آتی تھیں۔۔۔ قریب ایک نیم کا درخت بھی تھا جس کے گھنے پتوں میں چڑیاں ادھر ادھر اُڑتی پھر رہی تھیں۔

"بہت خوبصورتی سے سجایا ہے آپ نے کچن۔" شینا نے کہا۔

"تیس سال سے Maintain کر رہی ہوں۔۔۔ اس گھر کو۔۔۔ یہ طاقچے تو تھے ہی نہیں۔۔۔" صبا بیگم مسکرائیں۔

"اب تو گھر ایسا سنورا نہیں ہوتا۔۔۔ نغمہ ہوتی تھی تو گھر دلہن سا لگا کرتا تھا۔۔۔ اب سسرال میں۔۔۔"

صبا بیگم نے دھیرے سے کہا۔

"اچھا بھابی۔۔۔ مشرا جی کے بیٹے نے شادی بھی بدیس میں ہی کی ہے؟" شینا نے پوچھا۔

"وہی تو دُکھ کی بات ہے۔۔۔ میں نے اسی لیے نیچے لان میں موضوع بدل دیا تھا۔۔۔ ورنہ۔"

"کیوں؟"

"وہ اس لیے کہ اُس کی بیوی اب اُس کے ساتھ نہیں رہتی۔۔۔ مگر شادی اُس نے

اپنی مرضی سے نہیں کی تھی۔ نمرتا، مشرا جی کے دوست کی بیٹی تھی۔ برسوں سے آنا جانا تھا۔ روہت اور نمرتا میں دوستی بھی تھی۔ دونوں محنتی اور Professional تھے۔ ایک دوسرے کو سمجھتے تھے۔ گھر والوں نے شادی کر دی۔" صبا بیگم نے ریفریجیریٹر میں سے سبزی کی تھیلی نکالتے ہوئے کہا۔ شینا پرات میں آٹا نکالنے لگی۔

"پھر بھابی؟"

"دو ڈھائی برس تو خوب جمی دونوں میں۔۔۔ پھر جانے کیا ہوا۔۔۔ نمرتا چُپ چُپ سی رہنے لگی۔ کبھی کبھی اُن کے کمرے سے اُن دونوں کی بحث کرنے کی اونچی اونچی آوازیں بھی آتیں۔۔۔ اُن کا روم بالکل ہمارے بیڈ روم کے نیچے والا تھا۔۔۔"

"جی۔۔۔ پھر کیا ہوا؟"

"خدا جانے کیا بات ہوئی نمرتا اکثر گھر میں نظر آنے لگی جبکہ دونوں نے ایک مشترکہ دفتر کھول رکھا تھا۔ ایسا معلوم ہوتا تھا جیسے دفتر میں کچھ دوسرے لوگوں سے نمرتا کو اختلاف تھا۔۔۔ روہت اصل میں کچھ ضدّی قسم کا لڑکا واقع ہوا تھا۔۔۔ اُن دنوں نمرتا اُمید سے تھی۔ گھر میں تناؤ رہنے لگا تو۔۔۔ تو مشرا جی اور مسز مشرا اور نمرتا کے ماں باپ نے مشورہ کیا کہ دونوں کے دفتر الگ الگ ہو جائیں تو تناؤ کم ہو سکتا ہے۔ پہلے تو روہت اس بات پر راضی ہی نہیں ہوا۔ مگر بعد میں با دلِ نخواستہ مان گیا۔ طے یہ ہوا کہ نمرتا کی Delivery کے بعد Basement میں ہی اُس کا دفتر کھولا جائے گا۔۔۔ پھر۔۔۔ کچھ ہفتہ دس دن سکون رہا مگر پھر تناؤ بڑھنے لگا دونوں کے والدین کے دہائیوں پرانے مراسم تھے۔ حیران تھے کہ کیا ہو گیا۔۔۔"

"شاید وہی Ego Clash" شینا نے کہا۔

"ہاں۔۔۔ ہو سکتا ہے۔۔۔ مردوں کی انا ہوتی بھی تو اُن کے قد سے بڑی ہے۔۔۔

اُنہیں ذہین بیوی کی موجودگی میں بلاوجہ اپنی حیثیت خطرے میں نظر آتی ہے۔۔۔ حالانکہ عورت کا اس طرف دھیان جا ہی نہیں سکتا۔ وہ تو ہر حال میں اپنے شوہر کو اپنے سے بہتر دیکھنا چاہتی ہے۔"

"مگر بھابی۔۔۔ کبھی کبھی ایسا بھی تو ہو سکتا ہے کہ بیوی ہی اپنی حیثیت منوانے پر تُل جائے۔"

"ہاں۔ ہوتا ہے۔۔۔ مگر اُس وقت جب مرد اُس کی حیثیت کو للکارے۔"

"اچھا پھر کیا ہوا؟"

"بس دونوں کے والدین کسی طرح اس شادی کو بنائے رکھنا چاہتے تھے۔۔۔ وہ کسی طرح انھیں بچّے کی پیدائش تک ساتھ رکھنے کی کوشش کرنا چاہتے تھے کہ بعد میں بچہ خود دونوں کو قریب لے آتا۔"

"تو ایسا نہیں ہوا؟"

"نہیں۔۔۔ دونوں کے کمرے سے روز رات کو جھگڑنے کی آوازیں آتیں۔۔۔ نمرتا نے کہا کہ وہ بچّہ ہونے تک الگ کمرے میں رہے گی۔۔۔ مگر کمرہ تو تھا ہی نہیں۔۔۔" صبا بیگم نے ایک لمبی سانس لی۔

"ہم بھی بہت سمجھاتے کہ نبھ جائے مگر۔۔۔ خیر۔۔۔ ہم سے کہا گیا کہ گھر خالی کر دیں۔۔۔ سعید صاحب نے کہا کہ ٹھیک ہے۔۔۔ ہم لوگ پورے ایک مہینے بعد گھر خالی کرنے والے تھے کہ۔۔۔ اچانک ایک دن ہمارے نام عدالت کا سمن آگیا۔۔۔" صبا بیگم نے اتنا ہی کہا تھا کہ دروازے کی گھنٹی بجی۔ سعید صاحب لدے پھندے آرہے تھے۔

"موسم کے پہلے آم ہیں۔"سعید صاحب نے سامان بیوی کے ہاتھوں میں دیتے ہوئے دونوں کی طرف مسکرا کر دیکھا۔

صبا بیگم انھیں سوالیہ نظروں سے دیکھنے لگیں:

"ہاں بھائی۔۔۔ دے آیا ہوں ایک تھیلی نیچے بھی۔"

وہ مسکرائے۔

شینا کا تجسّس کچھ اور بڑھ گیا تھا۔ وہ باقی حالات جاننے کو بیقرار ہو گئی۔

"پھر کیا ہوا بھابی؟" شینا صبا بیگم کے ہاتھ سے سامان لے کر الماریوں اور ریفریجیریٹر میں رکھنے لگی۔

"پھر۔۔۔ ہم حیران کہ یہ کیسا سمن ہے۔" صبا بیگم بولیں تو سعید صاحب چونکے۔

"اچھا۔۔۔ وہ بات۔۔۔ میں بتاتا ہوں۔۔۔ اُنہوں نے خوامخواہ سمن بھجوا دیا۔ میں نے وعدہ تو کیا ہی تھا۔۔۔ میں کبھی کوٹ کچہری کے چکر میں پڑا نہ تھا۔۔۔ حیرت میں پڑ گیا۔۔۔ اصل میں یہ سب روہت کا کیا دھرا تھا۔۔۔ وہ عجیب سرپھرا تھا۔۔۔ مجھے بھی غصّہ آ گیا۔۔۔ میں نے کہا ٹھیک ہے۔۔۔ اب جو فیصلہ کوٹ کرے گا۔۔۔ وہی آخری ہو گا۔۔۔ شروع ہو گئیں تاریخیں۔۔۔ روہت گاڑی ڈرائیو کرتا۔۔۔ مشرا جی اور مسز مشرا کچہری جانے سے پہلے مجھے بھی آواز لگاتے۔۔۔ میں بھی اُسی گاڑی میں سوار۔۔۔ ساتھ ساتھ کچہری پہنچتے۔۔۔ اور وہاں الگ الگ کٹہروں میں کھڑے ہو جاتے۔"

سعید صاحب نے ایک گہری سانس لی۔ بیگم نے پانی کا گلاس پکڑایا۔۔۔ سب لوگ چلتے چلتے نشست گاہ میں آ گئے۔

"رنج ہوتا ہے یاد کر کے۔" وہ سر جھکا کر بولے اور صوفے پر بیٹھ گئے۔

"جج نے بیان لینا شروع کیا۔ مشرا جی سے پوچھا کہ کتنے افراد ہیں گھر میں تو پتہ چلا کہ چار۔ پوچھا کہ پھر کس لیے اوپری کی منزل خالی کروا رہے ہیں۔ جو لوگ پچیس سال سے رہ رہے ہیں وہ کہاں جائیں گے۔ کس کے لیے چاہتے ہیں کمرے۔۔۔ تو مشرا جی بولے کہ

بہو کے لیے۔۔۔ اب جج نے کہا کہ کیا بیٹا بہو دو الگ الگ کمروں میں سوئیں گے تو مشراجی خاموش ہو گئے۔۔۔ لوگ ہنس پڑے۔۔۔ جج نے فیصلہ ہمارے حق میں سُنا دیا۔۔۔"

سعید صاحب کچھ مسکرا کر خاموش ہو گئے۔

"کہ آپ یہیں رہیں گے۔۔۔" شینا نے کہا۔

"ہاں۔۔۔ اور کیا۔۔۔"

"اور کرایہ؟"

"تیس ۳۰ سال پہلے سوا سو دیتے تھے۔۔۔ اب تین سو روپے دیتے ہیں۔" صبا بیگم نے کہا تو دونوں میاں بیوی مسکرا دیئے۔

شام ڈھل چکی تھی۔ ایک بلبل آ کر کھڑکی کی چوکھٹ پر بیٹھ کر چہکنے لگی۔ جالی لگی کھڑکی میں سے اُسے اندر بیٹھے ہوئے انسان نظر نہیں آ رہے تھے۔ اُسی وقت مغرب کی اذان ہوئی تو سعید صاحب اُٹھ گئے۔

"اچھا بھئی۔۔۔ ذرا نماز پڑھ لیتے ہیں۔" وہ جاتے ہوئے بولے۔

شینا جیسے کہ سوچوں میں ڈوبی ہوئی تھی۔ رات کے کھانے کے وقت شینا نے بات چھیڑی۔

"پھر۔۔۔ نمرتا کا کیا ہوا تھا؟" اُس نے صبا بیگم کی طرف دیکھا۔

"نمرتا اُن ہی دنوں اپنے والدین کے ہاں چلی گئی تھیں۔" سعید صاحب نے کہا۔

"پھر ایک دن اُن لوگوں کو پتہ چلا کہ اُس نے Abortion کروالیا تھا۔ کچھ عرصے بعد روہت کو امریکہ سے Offer آئی۔۔۔ اصل میں وہ اُس کے لیے کافی دیر سے کوشش کر رہا تھا۔۔۔ وہ چلا گیا۔" صبا بیگم نے کہا۔

"اور یوں سارا گھر بکھر گیا۔۔۔" شینا جیسے کہ اپنے آپ سے بولی۔

کچھ دیر خاموشی چھائی رہی۔ شینا نے سر اُٹھا کر سعید صاحب کو دیکھا۔

"سر۔۔۔ آپ کو کبھی دُکھ ہوتا ہے کہ یہ سب کیا ہوا؟" وہ آہستہ سے بولی۔

"ہاں بھئی۔۔۔ اگر ادھر نہ رہ رہے ہوتے تو کم از کم یہ اپنا گھر بنانے کا خیال تو کرتے۔۔۔ نغمہ اپنے گھر کی ہو گئی۔۔۔ ریٹائرمنٹ کے بعد اس شہر میں کیا کریں گے۔۔۔ واپس گاؤں جائیں گے۔ گھر، زمین وغیرہ سنبھالیں گے۔" سعید صاحب کی جگہ صبا بیگم بولیں۔

"تو۔۔۔ پھر یہاں کیا پتہ کیا ہو جائے۔۔۔ جب قبضہ ہی نہ رہے گا۔۔۔ کل کو نغمہ کے بچّے آئیں گے۔۔۔ تو۔۔۔ شہر میں کوئی ٹھکانہ تو ہو۔۔۔ ماشاء اللہ۔۔۔ وہ اُمید سے ہے۔"

سعید صاحب سر جھکائے آہستہ آہستہ کھانا کھاتے رہے۔

"ہاں۔۔۔ صبا کو اس بات کا بے حد غصہ ہے کہ میں نے اپنا گھر نہیں بنایا۔۔۔ بھائی اب ایسا علاقہ کہاں ملتا اس بھیڑ بھاڑ میں۔۔۔ یہاں کی عادت ہو گئی تھی۔۔۔ کوئی جگہ جچی ہی نہیں۔۔۔ پھر۔۔۔ " انھوں نے فرش کی طرف دائیں بائیں دیکھ کر کہا پھر کچھ دیر خاموش ہو گئے۔ جگ میں سے پانی گلاس میں انڈیلا۔

" کبھی آپ کو۔۔۔ ایسا لگتا ہے کہ۔۔۔ یہ سب غلط ہوا ہے۔۔۔ ایسا ہونا نہیں چاہئے تھا۔" شینا نے آہستہ سے پوچھا۔ اُسے یقین تھا کہ ساری یونیورسٹی کے دُکھ درد میں سے اپنا حصہ مانگنے والے سعید صاحب اس بات پر رنجیدہ تو ضرور ہوں گے کہ وہ برسوں کسی دوسرے کے گھر کے خوامخواہ مالک بنے رہے۔۔۔ اور حالات۔۔۔ ایسے ہو گئے۔

"ہاں۔۔۔ کل کو نغمہ کے بچّے اگر نانانانی کے ساتھ کبھی شہر میں رہنا چاہیں گے۔۔۔ تو۔۔۔ کیا کروں گا۔۔۔ اس مکان نے مجھے مستقبل کے بارے میں سوچنے ہی نہیں

دیا۔۔۔"

وہ آہستہ سے کچھ کہتے کہتے جیسے کہ رُک گئے تھے۔ شینا سمجھ گئی کہ واقعی انھیں ان حالات کا پچھتاوا ہے۔۔ اگر وہ براہِ راست ان سے سوال کرے گی تو یقیناً وہی بات اُن کی زبان پر آئے گی جو شینا ان سے سننا چاہتی تھی۔ اُس نے پہلے صبا بیگم اور پھر سعید صاحب کی طرف دیکھا کہ قانون ایک طرف مگر خود ان کا ضمیر تو کچھ اور کہتا ہو گا۔

"سر اگر آپ لوگ اُس وقت گھر چھوڑ دیتے۔۔۔ تو کچھ عرصہ الگ کمرے میں بحث اور جھگڑے سے دور رہ کر شاید نمرتا کا ذہنی تناؤ کم ہو جاتا۔" اُس نے صبا بیگم کی طرف دیکھا۔

"ہو سکتا ہے وہ مائیکے نہ جاتی۔۔۔ اپنے بچّے کو جنم سے پہلے۔۔۔ اور پھر دونوں میاں بیوی آخرکار بچھڑ ہی نہ جاتے۔۔۔ یا پھر۔۔۔ یا پھر روہت ہی امریکہ نہ جاتا۔۔۔ اور انکل، آنٹی۔۔۔ یوں تنہا۔۔۔"

شینا آخری جملہ کہتے ہوئے اُداس سی نظر آنے لگی۔ سعید صاحب نے آہستہ سے نوالا توڑا اور اُسے سالن کی کٹوری کے کنارے سے ٹکا کر جانے کہاں دیکھنے لگے۔۔۔

"ہاں۔۔۔ پتہ نہیں۔۔۔ مگر اکثر میرا ضمیر مجھے اس بات کے لیے کچوکتا ہے کہ میں اپنی بیٹی یا اُس کے ہونے والے بچّوں کے لیے۔۔۔ ایک گھر تک نہ بنوا سکا۔۔۔" وہ اُداس ہو کر رُک رُک کر بولے۔۔۔ اور شینا حیرت زدہ سی اُنہیں دیکھتی رہ گئی۔

***

رنگ

آج اُس نے پھر ویسا ہی خواب دیکھا۔ وہ سوچ میں پڑ گئی تھی۔ کیوں۔۔۔ ؟۔۔۔ کیوں دیکھتی ہوں میں یہ خواب۔ کہتے ہیں خواب میں انسان اپنی ادھوری خواہشات کو تکمیل کے عمل تک پہنچاتا ہے۔۔۔ میری تو کوئی خواہش ادھوری نہیں۔۔۔ کوئی کمی نہیں زندگی میں۔ ایک مکمل انسان ہوں میں۔۔۔ پھر؟

وہ کسی ہرے بھرے راستے سے گزر رہی تھی۔ دونوں طرف سرسبز پیڑ تھے۔ اور بڑی بڑی شاخیں راستے پر جھکی آ رہی تھیں۔ وہ اُن شاخوں کو ہاتھ کی ہلکی سی جنبش سے ذرا سا پرے کر دیتی۔ کبھی گہری سانس لے کر اُن کی خوشبو سے محظوظ ہو کر مسکرا دیتی۔ کتنی ہی دیر تک وہ اس خوبصورت راستے پر چلتی رہی۔ نرم نرم گھاس اس کے پیروں کو گدگداتی رہی۔ ہر آٹھ دس قدم کے فاصلے پر کوئی پھولوں سے لدی کیاری اُس کا استقبال کرتی۔۔۔ وہ پھولوں کو انگلیوں کے پوروں سے چھوتی اور قہقہہ لگا کر ہنستی ہوئی آگے بڑھ جاتی۔

تھوڑی دور چل کر وہ اچانک رُک گئی اور خوشی سے چیخ پڑی۔ گھنے پتوں اور بے شمار پھولوں سے لدی ایک ڈال اس کے شانے کے برابر جھکی ہوئی تھی اور اُس کے آخری سرے کے بالکل قریب سنہرے رنگ کے نرم نرم تنکوں کا ایک گھونسلہ بنا ہوا تھا اور اس میں ایک نوزائدہ انسانی بچہ لیٹا ہوا تھا۔ اُس کا لباس کسی خوش رنگ پرندے کی طرح تھے۔ ہرا سرخ، نیلا، اُودا، نارنجی سبز، روپہلا اور کئی اور رنگوں کا جن کے نام وہ نہیں جانتی تھی۔

وہ بچّہ اُسے دیکھ کر مسکرا رہا تھا۔ وہ بھی مسکرائی اور اسے دیکھتی رہی۔ بچہ اسے دیکھ کر ہمکنے لگا۔ اسے اعتبار نہ ہو رہا تھا کہ بچہ اُسی کے لیے ہمک رہا ہے۔ وہ دائیں بائیں دیکھنے لگی کہ کیا یہ بچہ واقعی اُس کی گود میں آنا چاہتا ہے یا کسی اور کے لیے مچل رہا ہے۔ کئی لمحے اسی اُدھیڑ بن میں گزر گئے۔ اُس کے علاوہ وہاں اور کوئی نہ تھا۔ پھر جب بچّے کی خود سپردگی کے انداز سے اُسے یقین ہو گیا کہ بچہ اُسی کے پاس آنا چاہتا ہے تو فرطِ مسرّت سے اس کی آنکھیں بھر آئیں اور ٹپ ٹپ آنسو بہنے لگے۔ اُس نے رنگ برنگی پوشاک والے مسکراتے ہوئے بچّے کو گود میں لے لیا اور سینے سے لگا کر کئی منٹ تک ہچکیاں لے لے کر روتی رہی۔ رونا ذرا تھما تو اُس نے دائیں بائیں دیکھا۔ پرندے درختوں کی ڈالیوں پر بیٹھے نہایت سریلے نغمے گا رہے تھے۔ ہوا میں دل نواز سا ترنم تھا۔ نوزائیدہ بچّہ اُس کے کندھے سے لگا تھا اور کبھی کبھی سر اُٹھا کر اُس کی طرف دیکھ کر مسکرا بھی دیتا تھا۔

پھر جانے کب وہ بچّے کو لیے ہوئے گھر پہنچ گئی۔ آج اس کی خوابگاہ بہت پہلے کی طرح سجی ہوئی نظر آ رہی تھی۔ جب وہ اپنے پسندیدہ رنگوں کے پردوں اور چادروں سے اُسے سجایا کرتی تھی۔ اُن دنوں اُس کے ہاں پہلے بچّے نے جنم لیا تھا۔ آج خوابگاہ سے اُس کی پسندیدہ مصنوعی خوشبو کی مہک بھی آ رہی تھی۔ ریشمی پردے ہوا میں سرسرا کر اُس کا استقبال کر رہے تھے۔ پلنگ کے قریب روپہلی دھات سے بنا چھوٹا سا پالنا، جالی کی جھالر والے ننھے سے بستر سے مزیّن تھا۔ اُس کے ساتھ گھنگھروؤں والی زنجیر بندھی ہوئی تھی۔ گھونسلے والا بچہ پالنے میں لیٹا ہمک ہمک کر مسکرا رہا تھا۔

اس بچّے نے اس وقت وہ لباس پہن رکھا تھا جو اُس نے اپنے پہلے بچّے کی اُمید کے دنوں میں بُنا تھا۔ یہ لباس اُس پر کتنا زیب دیا کرتا تھا۔ اُس کے بعد اُس کی بیٹی نے بھی کئی دفع یہ کپڑے پہنے تھے۔ طوطے کے پروں جیسے ہرے رنگ کے اون سے بُنا گیا سویٹر،

موزے اور ٹوپی۔

وہ اپنے کمرے میں کھڑی پالنے میں لیٹے بچّے کو ایک ٹک دیکھ رہی ہے۔ وہ اُس کے پاس آنے کو بیقراری سے پیر مار رہا ہے۔ ننھی ننھی گول گول باہیں اُس کی طرف بڑھا بڑھا کر مسکرا رہا ہے۔ نوزائیدہ بچّے اس طرح دیکھ دیکھ کر مسکراتے نہیں، جس طرح وہ آنکھوں میں محبت کے سمندر لیے اُس کی گود میں جانے کے لیے بیقرار ہو رہا ہے۔ اُس نے پھر دائیں بائیں دیکھا۔۔۔ کیا یہ بچّہ میرے لیے ہی۔۔۔ مسکرا رہا ہے، میرے لیے بے چین ہے۔ اُس کے سینے میں ممتا کا سمندر ٹھاٹھیں مارنے لگا۔ اس نے اپنے سینے سے آنچل کھینچ کر پلنگ پر پھینک دیا۔ اُس کا گریباں بھیگ بھیگ گیا تھا۔ نمی رِس رِس کر قمیص کے دامن تک جانے لگی تو اُس نے بیقرار ہو کر دونوں باہیں پالنے کی طرف بڑھا دیں۔ اُس کے ہاتھ بچّے کے قریب پہنچنے ہی والے تھے کہ کسی اونچی آواز سے اُس کا دل اُس کے سینے میں اچھل کر دھڑکنے لگا۔ اُس نے گھبراہٹ میں آنکھیں کھول دیں۔

اُس کا بیٹا دروازے میں کھڑا تھا۔ وہ آج اتوار ہونے کے باوجود نہا بھی چکا تھا اور باہر جانے کو تیار نظر آ رہا تھا۔

"آپ ابھی تک سو رہی ہیں مماں۔" وہ بُرا سا منھ بنا کر بولا۔

"ہمیں سکول کے لیے جگاتے وقت روز کہتی ہیں کہ دیر سے اٹھتے ہو۔ مجھے دوستوں کے ساتھ گھومنے جانا تھا اور اب تک ڈرائیور نہیں آیا۔"

"مما نے اُسے چھٹی دے دی ہو گی بھیّا۔"

اُس کی بیٹی اندر داخل ہوتے ہوئے بولی۔ شب خوابی کے چغہ نما لمبے سے لباس میں وہ ایک دم بڑی بڑی سی لگ رہی تھی۔

"پاپا جب شہر سے باہر جاتے ہیں تو یہ ایسے عجیب عجیب حکم صادر کیا کرتی ہیں۔"

اُس نے ماں کی طرف ایک نظر پھینک کر منھ پھیر کر کہا۔

"میں حالانکہ ڈرائیو کر سکتا ہوں مگر Under Age ہوں ورنہ آپ سے کون پوچھتا۔" بیٹے کے ماتھے پر کئی بل اُبھر آئے تھے۔

وہ مسہری پر اُٹھ کر بیٹھ گئی۔ اور سینے پر ہاتھ دھر کر اپنے بے طرح دھڑکتے دل کی دھڑکن اعتدال میں لانے کے لیے لمبے لمبے سانس لینے لگی۔ پھر سر ذرا سا نیچے کو خم کر کے وہ بائیں جانب کھڑکی کی طرف مڑی۔ کھڑکی اور مسہری کے درمیان چھوٹی سی تپائی پر ایک نہایت پرانا ٹیلیفون رکھا ہوا تھا۔

یہ ٹیلیفون تو لابی میں ہوا کرتا تھا۔ مہینہ بھر پہلے خریدا ہوا اُس کے پسندیدہ رنگ کا ٹیلیفون غائب تھا۔

"میں نے آپ کا فون اپنے کمرے میں Shift کر لیا ہے اور اپنا لابی میں لگا لیا ہے۔ یہ یہاں لے آیا ہوں۔ ہر آنے والے کی نظر لابی میں پڑتی ہے۔ پھر یہاں تو کوئی آتا نہیں۔" بیٹے نے ماں کی نظروں کو دیکھ کر کہا۔

وہ چپ چاپ اپنے بچّوں کو دیکھتی رہی۔ پھر سر کے پیچھے پڑے سرہانے درست کر کے نیم دراز ہو گئی۔ اس نے منھ دیوار کی طرف موڑ لیا اور آنکھیں موند لیں۔

"اور ہاں آج ہم گھر re set کریں گے۔" اس کی بیٹی کی آواز اس کی سماعت سے ٹکرائی۔

"آپ نے یہ پرانے زمانے کا پالنا ابھی تک کمرے میں رکھا ہے۔ ہم تو بڑے ہو گئے ہیں۔ اس میں اب ہم Fit نہیں ہوں گے۔" بیٹا بولا تو دونوں بہن بھائی قہقہہ لگا کر ہنسے۔

"اسے چھت پر رکھوا دیجئے۔ کسی کو ضرورت ہو تو دے دیجئے گا۔" بیٹی کہہ رہی تھی۔

"نہیں" اُس نے چونک کر آنکھیں کھولیں اور چیخ کر کہا۔ پھر پالنے پر ہاتھ دھر کر

دوبارہ آنکھیں موند لیں۔ بچّوں نے اسے کچھ حیرت سے دیکھا۔
"لو یہ پھر سو گئیں۔" بیٹا ہاتھ ماں کی طرف اُٹھا کر بولا اور کمرے سے باہر کی طرف مُڑا۔

"اوہ فو۔۔۔" بیٹی بھی باہر نکل گئی۔ کئی لمحے ایسے ہی گزر گئے۔۔۔ وہ ساکت لیٹی نیند کی آغوش میں چلی گئی۔

کچھ دیر بعد اُس کے ہونٹوں میں ہلکی سی جنبش ہوئی اور چہرے پر مسکراہٹ پھیل گئی۔

٭ ٭ ٭

تجربہ گاہ

خاکی نے ہسپتال کی تجربہ گاہ میں لگے بڑے سے آئینے میں خود کو سر سے پاؤں تک دیکھا۔ وہ اپنے اُسی قیمتی لباس میں تھا جو اُسے بہت پسند ہوا کرتا تھا۔ اُس کا قد چھ فٹ کے قریب تھا۔ رنگ کھِلتا ہوا گندمی، بال گھنے اور بھورے تھے۔ آنکھوں کی پُتلیاں سیاہ تھیں۔

بہت پہلے وہ دنیا بھر کے چند مشہور دولت مند لوگوں میں سے ایک ہوا کرتا تھا۔ یہ دولت اُسے وراثت میں ملی تھی۔ جسے وہ دونوں ہاتھوں سے لٹا رہا تھا۔ دن رات شراب سے مدہوش رہنے کی وجہ سے وہ طرح طرح کی بیماریوں کا شکار ہو گیا۔

اُس کی بہت سی معشوقاؤں میں سے کسی نے اُسے اس بلا نوشی سے باز رہنے کو نہیں کہا۔ بیوی کی وہ کوئی بھی بات نہیں مانتا تھا۔ اور چالیس برس کی عمر تک آتے آتے اُس کا جگر تقریباً ناکارہ ہو گیا۔ اُسے ہسپتال میں داخل ہونا پڑا۔ دنیا کے چند ماہر ڈاکٹروں کی نگہداشت میں اُس کا علاج ہونے لگا۔

ایک تندرست ملازم کا انتخاب ہوا جس کے پھیپھڑوں کا سرطان آخری درجے پر پہنچ چکا تھا۔ اس کے گھر والوں کو ایک ضخیم رقم دے کر خاکی کے جگر کو ٹرانسپلانٹ کیا گیا۔

آپریشن کامیاب رہا۔۔۔ کچھ دن آرام سے گزرے مگر اُس کی لاپرواہیوں کی وجہ سے پیوند کیے ہوئے جگر نے زیادہ دن اُس کا ساتھ نہ دیا اور اُس میں Infection ہو گیا

جینے کی آس جاتی رہی۔ ڈاکٹروں نے اس معاملے میں مشہور اداروں کے جنیٹیک انجینئروں سے مشورہ کیا۔

وہ گھیرا باندھے اُس کی مسہری کے گرد کھڑے تھے۔

اس رنگ و شباب کی دنیا کو کیا اُس کی دولت خرید نہیں سکتی۔ کس کام کی یہ تحقیق۔۔۔ یہ سائنس۔۔۔ یہ تجربات۔۔۔

مجھے زندہ رہنا ہے۔۔۔

اُس نے احتجاج کیا۔۔۔

زہر نسوں کے اندر تک سرائیت کر چکا ہے۔۔۔ ڈاکٹر نا اُمید ہو گئے۔۔۔

سارا خون بدل ڈالو۔۔۔ یہ۔۔۔ دولت۔۔۔

اُس سے بھی کوئی فائدہ نہ ہو گا۔۔۔ مگر۔۔۔!

مگر۔۔۔؟

مگر ہمیں اپنی تحقیق پر دنیا کے قیام سا اعتماد ہے۔ ہم موت پر قابو پانے والے ہیں ہمیں Gene کا Code حاصل ہو گیا ہے۔۔۔ وہ پیچیدہ ضرور ہے۔ مگر جس دن ہم اُسے Decode کرنے میں کامیاب ہو جائیں گے، سمجھ لیجئے کہ۔۔۔۔۔۔

مشہور عالم سائنسدانوں کی ٹیم 'اپنے آقا ہم' کے سربراہ نے کہا تھا۔

اپنی ساری دولت میں تمہارے نام کرتا ہوں۔

مگر اتنی جلدی تو ایسا کوئی امکان نہیں۔۔۔

او۔۔۔ ڈاکٹر۔۔۔ ڈاکٹر۔۔۔ مری سانس۔۔۔ مگر مجھے یقین ہے کہ میری ہڈیوں کا ڈھانچہ تندرست ہے تم اُسے محفوظ کر لو اور باقی کا جسم Hydrogen Peroxide میں

Dissolve کر لو۔۔۔۔۔۔اور جب۔۔۔اور جب۔۔۔

ہاں اور جب زندگی ہمارے قابو میں آ جائے گی تو صرف تمہارے DNA کو Develop کر کے ہم بالکل تمہاری طرح کا انسان کلون کر لیں۔۔۔

سربراہ نے زوردار قہقہہ لگایا۔

سائنسدان اس کی طرف مسکرا کر دیکھنے لگے۔

مگر اس سب کی ضرورت پیش نہیں آئے گی۔ ایک خلیہ محفوظ رکھ لینا ہی کافی ہو گا۔۔۔سارا جسم اُسی سے بنتا جائے گا۔

نہیں۔۔۔خاکی پوری طاقت استعمال کر کے چیخا۔

مجھے۔۔۔مجھے بچپن سے جوان ہونے تک کا مرحلہ۔۔۔طے نہیں کرنا۔۔۔مجھے جوانی چاہیے۔۔۔سیدھا جوان پیدا ہونا ہے مجھے۔۔۔یہی قد۔۔۔یہی صورت درکار ہے مجھے۔۔۔مجھے۔۔۔یہی صورت ڈاکٹر۔۔۔اُف۔۔۔میری سانس۔۔۔پلیز ڈاکٹر۔۔۔یہی زندگی۔۔۔یہی دولت۔۔۔۔۔۔ہاں دولت۔

مگر تمھیں دولت دینا ہمارے بس میں۔۔۔کیسے؟

میں اسے۔۔۔میں۔۔۔وصیت کروں گا کہ۔۔۔میری دولت۔۔۔میرے کسی وارث کو اُس وقت تک۔۔۔نہ دی جائے۔۔۔جب تک میں خود۔۔۔لوٹ کر۔۔۔میں خود۔۔۔زندہ ہو کر۔۔۔اپنی مرضی سے۔۔۔اپنی۔۔۔مرضی سے۔۔۔ہاں۔۔۔اس چیک سے۔۔۔اس چیک سے تم اپنے اخراجات۔۔۔پورے کرتے رہنا۔۔۔اور۔۔۔اور۔۔۔

ایک زوردار قہقہہ۔

پھر ہچکیاں۔۔۔ایک زور کی ہچکی۔

دستخط شدہ چیک اُس کی شہادت کی اُنگلی اور انگوٹھے کے درمیان دبا ہے۔

DNA،RNAاورTRNA کے علاوہ اُس کا ڈھانچہ بھی محفوظ ہے۔

تجربہ گاہ کو مزید وسعت دی گئی۔

تجربے ہوتے چلے گئے۔۔۔ برسہا بیت گئے۔

سربراہ کا انتقال ہو گیا۔ دیگر ارکان بھی فوت ہو رہے ہیں ، نئے نئے سائنسداں آ رہے ہیں۔

تجربہ گاہ کے بہت بڑے وسطی ہال کے عین درمیان دنیا کے ایک امیر ترین آدمی کا ڈھانچہ شیشوں میں محفوظ اپنے سرہانے اپنی شناخت لیے لیٹا ہے۔

نام: خاکی

پیدائش: ۱۹۶۰ء

موت: ۲۰۰۰ء

بہت پہلے لوگ دلچسپی سے اس ہال سے گزرا کرتے تھے۔ مگر اب یہ بات بھی پرانی ہو گئی۔

دو صدّیاں گزر گئیں۔۔۔ شناخت کی فائل جانے کب کی بند ہو گئی تھی۔

اچانک ایک نوجوان جینٹیک انجینئر کو 'اپنے آقا ہم' ٹیم کا خواب سچا ہوتا نظر آیا۔ لوگ کہتے تھے اُس انجینئر کی شکل ہو بہو شیشے میں بند آدمی کی، ہال میں دیوار پر آویزاں قد آدم تصویر جیسی ہے۔ بال۔ چہرہ۔ آنکھوں کا رنگ۔ قد سب بالکل ویسا ہی۔

آخر کار انجینئر اپنے تجربے میں کامیاب ہو گیا۔

جیتے جاگتے متحیّر خاکی نے اپنے آپ کو آئینے میں دیکھا۔

دو صدیوں سے محفوظ پڑا اُس کا پسندیدہ لباس کچھ زیادہ پرانا نہیں لگ رہا تھا۔

بہت شکریہ۔۔۔ اب میں جاتا ہوں۔۔۔ اُس نے انجینئر کی طرف دیکھا۔ اور مزید حیرت زدہ رہ گیا۔

تم۔۔۔ تم۔۔۔ تم۔۔۔

انجینئر مسکراتا رہا۔۔۔

تم۔۔۔ میری۔۔۔ اولاد ہو۔۔۔ تم۔۔۔ تم۔۔۔

وہ خوشی سے چیخا۔

میں نہیں۔۔۔ جانتا۔۔۔ صدیوں پہلے کی بات میں کیا جانوں۔ انجینئر لاپرواہی سے بولا۔

صدیاں۔۔۔؟ خاکی بڑبڑایا۔

ہاں۔۔۔ دو صدیاں گزر گئی ہیں تمہاری موت کو۔۔۔

دو سو سال۔۔۔ اُف۔۔۔

وہ سر تھام کر دیوار سے ٹک گیا۔

مگر تم۔۔۔ تو۔۔۔ تم۔۔۔ میری ہی نسل سے ہو۔۔۔ میری اولاد کی۔۔۔ اولاد کی۔۔۔ اولاد کی۔۔۔ وہ مسکرایا اور تمہارے Apron پر لگے اس نیم پلیٹ پر میرا دوسرا نام بھی ہے۔۔۔ تم۔۔۔

وہ ایک قدم آگے بڑھا۔ انجینئر اُسے بغیر کسی تاثر کے دیکھتا رہا۔۔۔

آؤ۔۔۔ ذرا حساب لگائیں کہ تم میری کون سی پیڑھی سے ہو۔۔۔ میں۔۔۔ تمھارا کون ہوں۔۔۔

انجینئر کے چہرے پر ناگواری سی چھا گئی۔

کچھ لمحے اسی طرح گزر گئے۔

ٹھیک ہے۔۔۔ میں جا رہا ہوں۔

وہ انجینئر کی طرف پلٹا۔

کہاں جاؤ گے۔۔۔ انجینئر کی آواز ہو بہو اُسی کی طرح تھی۔

تمہاری آواز۔۔۔ تم۔۔۔ ہاں گھر جاؤں گا میں۔۔۔ میں۔

کس جگہ۔۔۔؟

اپنا پتہ جانتا ہوں میں۔۔۔ میرا پتہ ہے۔۔۔ دس ہزار درخت والے جنگل کے پاس میٹھے پانی کے دریا کے کنارے دو منزلہ محل۔

اس نام کا کوئی مقام پایا جانا ممکن ہی نہیں۔۔۔ تم بیٹھو۔۔۔ میڈیا تمھارا انٹرویو لینے کو بیقرار ہے۔۔۔ اور میرا بھی۔

نہیں۔۔۔ میرے کپڑے پرانے لگ رہے ہیں۔۔۔ مجھے نئے ملبوسات خریدنے ہیں۔

کیسے خریدو گے۔۔۔؟

تم جانتے نہیں ہو۔۔۔ میں دنیا کے امیر ترین لوگوں میں سے ایک۔۔۔

تھے۔۔۔ تم دنیا کے امیر ترین لوگوں میں سے، انجینئر نے اس کی بات کاٹی۔

مطلب۔۔۔؟ خاکی کی پیشانی پر بل پڑ گئے۔

کیا وہ دولت اتنی پیڑھیاں گزر جانے کے بعد تمہارے وارثوں نے ختم نہیں کر ڈالی ہو گی؟

مگر میں نے تو وصیت۔۔۔

ایسی وصیت جو مر کر دوبارہ جی اُٹھنے سے متعلق ہو۔۔۔ کون مان سکتا تھا۔ دو صدی

پیشتر۔۔۔

ٹھیک ہے۔۔۔ کوئی بات نہیں۔۔۔ میری اسناد ہیں۔۔۔ میرا تجربہ۔۔۔ تو میرے پاس ہے۔۔۔ میں تیز رفتار ہوائی جہاز بنانے کا ماہر ہوں۔۔۔

اُس کی ضرورت برسوں ہوئے ختم ہو گئی۔۔۔ اب ہم Space Warp کے ذریعے ایک جگہ سے غائب ہو کر دوسرے مقام پر ظاہر ہو جاتے ہیں۔

۔۔۔ ارے۔۔۔ ؟ اچھا۔۔۔ ؟۔۔۔ تو۔۔۔ ٹھیک ہے۔۔۔ میں محنت کر کے اپنی نئی زندگی کا آغاز کروں گا۔۔۔

خاکی دروازے کے قریب جا کر دروازہ کھولنے والا دستہ گھمانے ہی لگا تھا کہ انجینئر نے لپک کر اُس کا ہاتھ پکڑ لیا۔

چلو۔۔۔ ادھر بیٹھو۔۔۔ بیٹھو۔۔۔ گارڈس انجینئر تیز آواز میں پہرے داروں کو آواز لگاتا ہے۔

آرام سے اس کرسی پر بیٹھے رہو۔۔۔ تمہارے ساتھ لوگ باتیں کرنے آئیں گے۔۔۔ تم سے کئی طرح کے سوال کریں گے۔۔۔ تمہاری باتوں سے کوئی بے چینی ظاہر نہ ہو۔۔۔ سمجھے؟

تم کون ہو مجھ پر حکم چلانے والے۔ وہ چیخا۔

میں تمھارا خالق ہوں۔۔۔ تمھارا مالک ہوں۔ تم ماضی کی کتاب کا ایک پھٹا ہوا ورق ہو۔ اب اگر تمہاری کوئی شناخت ہے تو وہ مجھ سے ہے کہ میں نے تمھیں بنایا ہے۔ مکمل کیا ہے تمہارے وجود کو۔ عالم میں دھوم مچ گئی ہے میرے اس کارنامے کی۔۔۔ اور اب میں ایک ایسا تجربہ کروں گا جس سے رہتی دنیا تک، میرا نام لوگوں کی زبان پر رہے گا۔ اور اس کے لیے مجھے تمہاری ضرورت ہے۔ انجینئر خاموش ہو گیا۔

مجھے کیا کرنا ہو گا۔۔۔؟ وہ کانپتے ہوئے بولا۔

میں تمہاری شہ رگ کاٹ کر اسے میڈیا کے سامنے اُسی وقت جوڑ کر تمھیں مرنے کے فوراً بعد زندہ کروں گا۔

بس ذرا تمہاری صحت اچھی ہو جائے تو۔۔۔

نہیں تم۔۔۔ تم ایسا نہیں کر سکتے۔۔۔ میں۔۔۔ میں تم پر مقدمہ دائر کر دوں گا۔۔۔ اور قانون تمھیں۔ تمھیں۔

ہا۔۔۔ ہا۔۔۔ ہا۔۔۔ تم ہو ہی کون، ہڈّیوں کا ایک لاوارث ڈھانچہ۔۔۔ جو، اب۔۔۔ اب جو بھی ہے میری اپنی ملکیت ہے۔۔۔ میرے گھر کے پالتو جانوروں کی طرح۔۔۔ اور تم تو۔۔۔ تم تو اینیمل ایکٹ میں بھی نہیں آتے۔۔۔ گارڈس۔۔۔ اسے شیشے کے اس صندوق میں لٹا کر آکسیجن کی نلی لگا دو۔۔۔ حفاظت سے۔۔۔ صندوق کی چابی میرے کیبن میں رکھ دینا۔۔۔ میں باہر ذرا میڈیا سے بات کر لوں۔۔۔

محافظ خاکی کی طرف بڑھتے ہیں۔ تو اُسے ایک زوردار جھٹکا لگتا ہے۔ وہ اُٹھ بیٹھتا ہے۔ اور اپنے شب خوابی کے لباس کی ریشمی آستین سے ماتھے کا پسینہ پونچھتا ہے۔ اُلٹے ہاتھوں سے دونوں آنکھوں کو ملتا ہوا وہ بری طرح ہانپ رہا ہے۔ اب وہ پوری طرح بیدار ہو چکا ہے۔ اسے احساس ہوا کہ فون لگاتار بج رہا ہے۔

"او شٹ اپ۔۔۔"

وہ فون اٹھا کر بغیر کچھ سنے واپس پٹخ دیتا ہے۔ اور کمرے میں چاروں طرف نظر دوڑانے کے بعد پلٹ کی بائیں جانب دیکھتا ہے۔

پلنگ کے برابر کی تپائی پر چاندی کی منقش کشتی میں اس کی صبح کے وقت پینے والی پسندیدہ شراب کی بھری ہوئی بوتل اور نیلے رنگ کے باریک کانچ کا نازک سا جام رکھا ہوا

ہے۔ دیوار کے ساتھ لگی، لکڑی کی نہایت خوبصورت گل بوٹوں والی بڑی سی الماری میں کانچ لگے شفاف طاقچوں کے اندر مختلف اقسام کی شراب، چھوٹی بڑی جسامت کی الگ الگ شکل کی بوتلوں میں قطار در قطار سجی ہے۔ کھڑکی کے ذرا سے سرکے ہوئے پردے کی آڑ سے چلی آئی صبح کی دھوپ ٹھیک بار کی بوتلوں پر ہی پڑ رہی ہے اور جھِل مِل جھِل مِل کر رہے شیشوں نے کمرے میں ساتوں رنگ بکھیر دیئے ہیں۔

وہ کچھ سیکنڈ یہ منظر دیکھتا رہا۔ پھر اُس نے کشتی میں رکھی بوتل اٹھا کر پوری طاقت سے بار پر دے ماری تو سرخ رنگ کے دبیز کشمیری ریشمی قالین پر کانچ کے بے شمار ٹکڑے بکھر گئے اور کمرے میں ان گنت ننھے مُنے سورج جھلملانے لگے۔

چھ باوری ملازم بھاگے بھاگے اندر آئے۔

"سر۔۔۔؟" وہ ہاتھ باندھے پریشان حال سے اُس کی پائینتی کی جانب کھڑے ہو گئے۔

"جسٹ۔۔۔ گیٹ۔۔۔ آوٹ۔" وہ دانت پیس کر رُک رُک کر بولا تو سب باہر کی طرف لپکے۔ اور وہ مسہری سے اُتر کر کھڑکی کے قریب آیا۔ پردہ سرکا کر اس نے باغیچے میں نظر دوڑائی۔ اس کی بیوی گود میں اخبار پھیلائے کرسی پر بیٹھی ہوئی تھی۔ سامنے سنگِ مرمر کی میز پر بیضوی کشتی میں نرم گرم ٹی کوزی کے اندر سے چائے دانی کا چمکدار روپہلا دستہ جھانک رہا تھا۔ برابر میں رکھی پیالی سے بھاپ اُٹھ رہی تھی۔ اُس کے شانوں پر پھیلے آدھے بھیگے بال صبح کی نرم دھوپ میں رچی ہوا سے ہولے ہولے لہرا رہے تھے۔ وہ بسکٹ کے چھوٹے چھوٹے ٹکڑے کر کے اپنے سامنے پھینک رہی تھی اور تین چار چڑیاں انھیں پھرتی سے چُگتی ہوئی ظاہر اور غائب ہو رہی تھیں۔ وہ کھڑکی سے ہٹ کر دروازے کی طرف مُڑا۔

اُس کا چہیتا ملازم جاتے ہوئے مُڑ مُڑ کر اُسے ہی دیکھ رہا تھا۔

"لان میں ایک اور کرسی لگا دو۔۔۔

اور۔۔۔ ایک کپ بھی لے جانا۔۔۔"

اُس نے مسکرا کر کہا۔

"یس سر۔۔۔ یس سر۔۔۔"

وفادار ملازم کا چہرہ پھول کی طرح کِھل اُٹھا۔

***

بی بی

بی بی ڈائننگ ٹیبل کے کونے سے پیٹھ ٹکائے اور ایک ہتھیلی کرسی کی پشت کے اونچے حصے پر دھر کر اپنے بدن کو سہارا دیے کھڑی اپنے پیروں کو دیکھ رہی تھی۔ اُس کا سر وقفے وقفے سے ہلکے سے جھٹکے کھا کر ہل جاتا۔ ناک سکیڑنے کی آواز بھی رہ رہ کر سماعت سے ٹکراتی اور وہ اپنا خمیدہ سا تھر تھراتا ہوا ہاتھ ماتھے کے قریب لے جا کر بار بار اپنے خشک بالوں کو سمیٹ کر سر پر دھرے ململ کے دوپٹے کے نیچے اُڑستی جو لمحہ بھر بعد ہی پھسل کر واپس ماتھے پر بکھر جاتے۔ اس کے ہونٹ کانپ رہے تھے اور بدن لرز رہا تھا مگر وہ اپنے مسوڑھوں کو سختی سے بھینچ کر اپنی اس کیفیت کو قابو میں رکھنے کی مسلسل کوشش کیے جا رہی تھی۔ کمرے میں موجود سبھی لوگوں کی نگاہیں اُس پر جمی تھیں۔

"آخر اس عمر میں آپ کو یہ باتیں زیب دیتی ہیں؟" باسط نے بیزاری سے منھ پھیر کر کہا۔ اور ہاتھ سے بال سنوارنے لگا۔

"جو بھی ہوتا ہے، آپ کو پتہ تو چلتا ہی ہے۔۔۔ پھر اس طرح اندر گھس کر۔۔۔" شیبا نے جملہ ادھورا چھوڑ دیا۔

"جھانک کر دیکھنے کی کیا۔ ضرورت کیا ہوتی ہے آپ کو؟" بہو جملہ مکمل کرتے ہوئے باورچی خانے کی طرف پلٹی تو جھرّیوں میں جنبش سی ہوئی اور پوپلے منھ پر کھسیانی سی مسکراہٹ چھاگئی۔ اس نے سر کچھ اور جھکالیا اور ہاتھ ماتھے تک لے جا کر بالوں کو آنچل میں سمیٹنے لگی۔

"بتایئے نا بی بی۔" اس بار پوتے کی آواز ذرا اونچی تھی۔

"سارا موڈ خراب کر دیا آپ نے۔۔۔ آج سوچا تھا کہ Exam ختم ہوئے ہیں دوستوں کے ساتھ کہیں گھوم آؤں۔ خوامخواہ مماں نے روک لیا کہ Lunch کر کے جاؤں۔۔۔ اور۔۔۔ اب لنچ ہے۔۔۔ کہ۔۔۔" باسط کی آواز کی جھنجھلاہٹ میں گلے کی آمیزش صاف عیاں تھی۔

"مجھے تو ٹیوشن جانا ہے بھیّا۔ سکول میں سوچا تھا کہ فوراً کھانا کھا کر سو جاؤں گی تو شام تک Fresh ہو جاؤں گی۔۔۔ مگر۔" پوتی نے ناک کو انگلی سے سہلاتے ہوئے دادی کی طرف دیکھا تو دادی نے سر ذرا سا اٹھا کر دھندلی نظروں سے دونوں کی طرف باری باری دیکھا۔ پھر دروازے کی طرف نظر اٹھائی جہاں سے اس کی بہو کے سینڈل کی ایڑیاں فرش سے ٹکرا کر اونچی آواز پیدا کر رہی تھیں۔

"اب آپ یہاں کھڑی کیا کر رہی ہیں۔۔۔ جایئے اپنے کمرے میں۔۔۔ آرام کیجئے۔۔۔ آپ نے تو کھا پی لیا ہے۔۔۔ میری آج شام کی ڈیوٹی ہے۔۔۔ اور اس Maid کو آج ہی جلدی جانا تھا۔۔۔ مگر آپ سے یہ سب کہنے سے کیا حاصل۔" بہو اندر داخل ہوتے ہوئے بولی اور باہر نکل گئی۔

"بیٹا تمہارے پاپا آتے ہوں گے۔۔۔" وہ پھر اندر آئی اور بچّوں کی طرف دیکھنے لگی۔

"تھرماس میں چائے رکھی ہے۔۔۔ پتہ نہیں آج دیر کیوں ہو گئی ان کو۔۔۔ ورنہ اب تک تو۔۔۔" بہو نے بات ادھوری چھوڑ کر پھر بی بی کی طرف دیکھا۔ بی بی نے دو ایک بار پلکیں جھپکیں اور بہو کی طرف دیکھتی رہی۔ اس کی آنکھیں ایسی لگ رہی تھیں جیسے ان میں دودھیا رنگ کا کوئی گھول ڈالا گیا ہو اور چشمے میں لگے دو شیشوں میں سے ایک کا لینس

زیادہ محدّب ہونے کی وجہ سے ایک آنکھ دوسری کی نسبت کوئی چار گنا بڑی نظر آ رہی تھی۔ اُس ایک آنکھ میں ڈر اور التجا بھرا کوئی ملا جلا جذبہ تڑپتا ہوا دکھائی دے رہا تھا۔ پُتلی بے قرار سی اِدھر اُدھر تھرک رہی تھی۔ شاید دوسری آنکھ کی پُتلی بھی اس کا ساتھ دے رہی ہو مگر اس کا کانچ دو حصوں میں بٹا ہوا تھا۔ نچلا حصہ آدھے چاند کی شکل میں تراشا گیا تھا۔ اور دونوں کو ملانے والا جوڑ پُتلی کی سیدھ میں ہونے کی وجہ سے آنکھ کچھ واضح نہیں تھی۔ اُس نے منحنی سا ہاتھ اٹھا کر جلدی جلدی بال سمیٹ کر پلّو کے نیچے کرنے کی کوشش کی۔

"اُس سے۔۔۔ نہ۔۔۔ نہ کہنا بیٹا۔۔۔" بی بی نے دوسرے ہاتھ سے جو گٹھیا کے عارضے کی وجہ سے پرندے کے پنجے کی طرح سکڑا اور مُڑا ہوا تھا، ٹھہر جانے کا اشارہ کرتے ہوئے کہا۔

"اب۔۔۔ اب میں۔۔۔ کیا کروں۔۔۔" بی بی نے سر جھکا لیا۔

"مجھ سے۔۔۔ کچھ۔۔۔ کچھ ہوتا تو۔۔۔ ہے نہیں۔۔۔ میں۔" اُس نے دونوں ہاتھوں سے کرسی کی پشت کو دھکا دیا۔ کرسی میز کے اندر سے ذرا سا باہر کو سرکی تو وہ اُس پر ٹک گئی۔ زیادہ دیر کھڑا رہنے سے اُس کی سوکھی لکڑی سی ٹانگیں کانپ رہی تھیں۔ اس کی نظریں بہو کی ہی طرف تھیں۔ "ابھی۔۔۔ جاتی ہوں۔۔۔ اندر۔۔۔ میں۔۔۔ تم۔۔۔ تم کچھ نہ کہنا اُس سے۔۔۔ وہ آئے گا تو۔۔۔ ورنہ۔۔۔ وہ تو۔۔۔ بچپن میں بھی اگر۔۔۔ کبھی ایسا ہو جاتا۔۔۔ تو پورا دن۔۔۔ کھانا چھوڑ دیتا تھا وہ۔۔۔ اب۔۔۔ میں کیا کروں۔۔۔ مجھ سے۔۔۔ تو ہوتا نہیں۔۔۔ کچھ۔۔۔ بالوں میں۔۔۔ تیل ڈالے۔۔۔ کنگھا کئے۔۔۔ زمانہ ہو گیا۔" بی بی کی آنکھ کے دودھیا گھول میں کوئی سیماب سی شے تیرنے لگی تو اُس نے بار بار پلکیں جھپکیں اور دھیرے سے ناک پونچھی۔

"تو یہاں کس کے پاس اتنا وقت ہے کہ آپ کے بال سنوارے بار بار۔ سب اتنے مصروف ہیں کہ۔۔۔ خیر وہ تو دوسری بات ہے۔ آپ پہلے ایسا کرتی ہی کیوں ہیں۔۔۔؟"
بہو نے بی بی کو ایسے دیکھا کہ آنکھوں میں لائے گئے حقارت کے تاثرات بی بی کو صاف نظر آئیں۔

"دانت بھی۔۔۔ تو۔۔۔ نہیں۔۔۔ ہیں میرے۔۔۔ اب۔۔۔ میں تو۔۔۔"

"اب اس عمر میں دانت لگوا کر آپ کو کرنا بھی کیا ہے؟ دودھ، ڈبل روٹی، کیلا۔۔۔ اس میں ہے تو ساری غذائیت۔۔۔ آپ کو اور کسی چیز سے کیا مطلب۔۔۔؟؟" بہو بحث کرنے کے انداز میں بولی اور ساری کے فالز درست کرنے لگی۔

"اب۔۔۔ ایسا کبھی نہ ہو گا بیٹا۔۔۔ میں ادھر کا رخ بھی نہ کروں گی۔۔۔ میں تو صرف۔۔۔ خوشبو کے لیے۔"

"خوشبو کے لیے۔۔۔ خوشبو پھیل تو جاتی ہے سارے گھر میں۔۔۔ آپ کے کمرے میں بھی۔۔۔ پھر۔۔۔!" بہو نے تحکمانہ انداز میں سر جھٹکے سے نیچے سے اوپر کر کے کہا اور کانوں میں پڑتی ہوئی کال بیل کی آواز پر دروازہ کھولنے باہر آئی۔

"بند مت کرنا دروازہ۔۔۔ چابی دینے آ رہا ہے ڈرائیور۔"
سیف خوشدلی سے بیوی سے مخاطب ہوا۔

"نہیں مجھے بھی گاڑی میں ہی جانا ہو گا۔۔۔ آفس کی گاڑی ہارن کر کے چلی گئی۔۔۔ میں تو عجیب مصیبت میں گھری ہوں۔۔۔ کیسے جاتی۔۔۔ چائے تھر مس میں ہے۔۔۔"
وہ چہرے پر بے چارگی سی طاری کرتے ہوئے بولی۔

"کیوں کیا ہوا۔۔۔؟" سیف نے دروازے پر آئے ڈرائیور سے بیگ لے لیا۔ اور اُس کے بڑھے ہوئے ہاتھ میں تھمی چابی کی طرف دیکھا۔

"تم گاڑی میں بیٹھو۔۔۔ میم صاحب کو جانا ہے۔" ڈرائیور کے چہرے پر مایوسی کی ہلکی سی تہہ چھانے لگی تو وہ اثبات میں سر ہلانے لگا۔

"ٹھیک ہے صاحب۔۔۔" وہ باہر کی طرف لپکا۔

بہو نشست گاہ میں داخل ہوئی تو سیف بھی اُس کے ساتھ ہی اندر داخل ہوا۔

"کیا ہوا۔۔۔" اُس نے بیوی کی طرف رخ کر کے ماں کی طرف دیکھا اور صوفے پر بیٹھ گیا۔

"میری تو قسمت میں ہی پریشانیاں ہیں۔۔۔ آج۔۔۔ معلوم ہے سالن میں سے بال نکل آیا۔۔۔ بچوّں نے دیکھا۔۔۔"

"اُف۔۔۔" سیف نے نہایت ناگواری سے آنکھیں بھینچ کر منھ دوسری طرف موڑا۔

"میں Maid پر بگڑی کہ سکارف باندھ کر کام نہیں کرتی۔ وہ بھی چپ سی ہو گئی۔۔۔ ڈر ہے کام نہ چھوڑ دے۔۔۔ اب دوسری ڈھونڈنا۔۔۔ او گاڈ۔۔۔"

مگر بال آیا کیسے۔۔۔ سالن میں۔۔۔؟" سیف نے برا سا منھ بنا کر تھوک نِگلا۔

بی بی نے چشمے کے پیچھے سے سہمی ہوئی نظروں سے بیٹے اور بہو کو باری باری دیکھا۔۔۔ اور اُنہیں ایک دوسرے سے مخاطب دیکھ آہستہ سے کرسی سے اُٹھی۔

"ارے آنا کہاں سے تھا۔۔۔ تھوڑی دیر بعد Maid مجھے بالکنی میں لے گئی۔ سورج کی روشنی میں دیکھا تو سفید رنگ کا تھا بال۔۔۔"

"سفید بال۔۔۔؟۔۔۔ سفید بال تو۔۔۔"

بی بی دیوار کے سہارے کمرے کے دروازے تک پہنچ گئی تھی۔

"اور کیا۔۔۔ اب آپ کی ماں آ آ کر ہر وقت ہانڈیوں میں جھانکے گی تو۔۔۔"

بی بی نے اس کے بعد کچھ نہ سُنا۔۔ وہ اپنے کمرے میں پہنچ چکی تھی۔ عجلت سے مسہری پر لیٹ کر اُس نے جلدی سے دروازے کی طرف ایک نظر دیکھا اور آنکھیں میچ لیں۔ چشمہ اُتارنا اُسے یاد ہی نہ رہا تھا۔

***

ہم تو ڈوبے ہیں صنم۔۔۔

"ہو سکتا ہے یہ میری آخری خواہش ہو۔۔۔ تم سے۔۔۔ کچھ۔۔۔ میں آخری بار مانگ رہا ہوں شاید۔" شاہد نے نادیہ کی طرف ملتجیانہ نظروں سے دیکھ کر ٹھہر ٹھہر کر کہا۔

"مجھے۔۔۔ ڈر لگ رہا ہے۔۔۔ ایسا مت کہو۔۔" نادیہ کھڑکی سے باہر دیکھنے لگی۔

"کس بات سے۔۔۔؟ میری خواہش سے۔۔۔ یا میرے اندیشے سے۔"

شاہد مسلسل اُس کے چہرے کی طرف دیکھتے ہوئے بولا۔ نادیہ نے پلٹ کر اُس کے چہرے پر نظر دوڑائیں۔ شاہد کے چہرے پر عجیب سے تاثرات تھے۔ جیسے شک، طلب، التجا اور نہ جانے کیا کیا ایک ہی جگہ جمع ہوں۔

نادیہ کرسی سے اُٹھ کھڑی ہوئی اور گلوکوز کی نلی میں سے شاہد کے جسم میں داخل ہونے والے پانی کی رفتار دھیمی کر دی۔

"سردی لگ رہی تھی نا۔۔۔؟" اُس نے آہستہ سے پوچھا۔

"ہاں۔۔۔ تمھیں کیسے۔۔۔؟؟" اُس نے جملہ ادھورا چھوڑ دیا اور کچھ کہنے کے لیے منھ کھولا ہی تھا کہ نرس اندر داخل ہوئی۔

"وقت ختم ہو گیا ہے۔۔۔ اب مریض کو آرام کرنے دیجیے۔"

آج شاہد کیسی باتیں کر رہا ہے۔۔۔ گھر پر ثمرین بھی اکیلی ہے۔ نادیہ سوچنے لگی۔

"بابا کیسے ہیں امّی ؟" کل نادیہ کے ہسپتال سے لوٹنے پر اُس کی گیارہ سالہ بچّی ثمرین نے پوچھا تھا۔

"اب شاہد بہتر ہیں کچھ۔"

نادیہ نے پرس مسہری کی طرف اچھال دیا تھا اور کرسی پر نیم دراز ہو گئی تھی۔

"پانی لاؤں امّی؟" ثمرین ماں کے قریب چلی گئی تو اُس نے ثمرین کے چہرے کو دونوں ہاتھوں میں لے لیا۔

"نہیں بٹیا۔ تم بس میرے سینے سے لگ جاؤ۔"

نادیہ نے اُس کا سر اپنی چھاتی سے لگا لیا۔ تو اس نے اپنی دبلی پتلی باہیں اپنی امی کی کمر کے گرد ڈال دیں۔

"بابا اچھے ہو جائیں گے تو۔۔۔ تو۔۔۔ پھر پہلے کی طرح۔۔۔ آپ سے لڑیں گے۔۔۔ آپ کو ماریں گے۔۔۔"

ثمرین فرش پر بیٹھ گئی اور اپنا سر ماں کے زانو پر رکھ دیا۔

"نہیں بیٹا۔۔۔ ایسا کچھ نہیں ہو گا۔۔۔"

"بابا بچیں گے نا۔۔۔؟"

"ہاں۔۔۔ اللہ میاں سے دعا کرو۔۔۔ وہ رحیم ہے۔ کارساز ہے۔" نادیہ کی آنکھیں بھر آئیں۔

نادیہ نے شاہد کو چاہا تھا۔ عیش و آرام ٹھکرا کر اس کی متوسط زندگی اپنائی تھی۔۔۔ اُسے محبت کے علاوہ اور کچھ نہ چاہئے تھا۔۔۔ مگر اُسے جلد ہی علم ہو گیا کہ شاہد گھر گرہستی کا کچھ ایسا شوقین نہیں ہے۔ جانے کتنی دوست تھیں اس کی۔ راتوں کو تک غائب رہا کرتا وہ۔

گھر میں تناؤ تھا۔

نادیہ نے اُس سے بات کرنا چھوڑ دی تھی۔ وہ بات کرتا تو جواب دے دیتی۔

شاہد اکثر غصے میں نظر آتا۔

کوئی چار ایک برس پہلے کی بات ہے۔

اُن دنوں نادیہ دوسری بار امید سے تھی۔

ثمرین اپنی ماں کے پیٹ پر کان دھرے ماں کے قریب لیٹی تھی۔

"بھیّا کی شکل کیسی ہو گی امی؟" وہ ماں کے ابھرے ہوئے پیٹ پر ہاتھ پھیرتے ہوئے بولی۔

"تمہارے جیسی۔۔۔ پیاری پیاری سی۔"

"بابا جیسی تو نہیں ہو گی نا۔" اُس کے لہجے میں ہلکی سی تشویش تھی۔

"ہو سکتا ہے۔۔۔ تمہارے بابا کی شکل بھی تو اچھی ہے۔" نادیہ سیلنگ کی طرف دیکھتی رہی۔

"مگر اگر وہ بابا کی طرح غصہ کرے گا۔۔۔ تو۔۔۔ تو؟"

ثمرین پریشان سی ہو کر بولی۔

"نہیں بیٹا۔۔۔ وہ تو چھوٹا سا مُنا ہو گا۔۔۔ وہ کیوں غصہ کرے گا۔۔۔ اپنی ننھی سی باجی کو بہت پیار کرے۔۔۔ بہت عزت کرے گا تمہاری۔"

نادیہ نے انگلی کے پوروں سے ثمرین کا رخسار چھُوا۔

"امّی؟"

"جی!"

"صرف بھائی ہی بہن کی عزت کرتا ہے۔۔۔ یا۔۔۔ اور کوئی۔۔۔ بھی؟۔۔۔ کیا بابا آپ کی عزت کرتے ہیں؟"

"ہاں۔۔۔شاید۔۔۔"

"پھر آپ کو بری بری باتیں کیوں کہتے ہیں۔۔۔؟"

"وہ۔۔۔شاید۔۔۔اُن کی عادت۔۔۔ہے۔"

"یہ تو گندی عادت ہے۔۔۔اُن کو دادی جان نے بتایا نہیں؟"

"کیا معلوم۔۔۔وہ تو بہت پہلے اللہ میاں کے پاس چلی گئی تھیں۔"

"ہم بھیّا کو بہت اچھی باتیں سکھائیں گے۔"

"انشاءاللہ۔"

"اُسے بابا جیسا نہیں بننے دیں گے۔" ثمرین نے آنکھیں موندی ہی تھیں کہ اُس کی سماعت کے قریب ہی ایک دھماکہ ہوا۔

"کیا پٹی پڑھا رہی ہو بیٹی کو؟" یہ آواز شاہد کی تھی۔ وہ دونوں مارے گھبراہٹ کے ہڑبڑا کر اُٹھ بیٹھیں۔

ثمرین سہم کر ماں سے لگ گئی۔ نادیہ متعجب سی شاہد کو دیکھنے لگی۔

"کیا سکھا رہی ہو اسے؟" شاہد پاس جا کر آنکھیں پھاڑ کر اسے دیکھتے ہوئے بولا۔

نادیہ نے کوئی جواب نہیں دیا۔

"میں پوچھتا ہوں کیا سکھا رہی تھیں اسے تم۔" اُس نے نادیہ کے دونوں شانے پکڑ کر جھنجھوڑے تو ثمرین جلدی سے مسہری سے اُتر کر دیوار سے لگ گئی اور سہمی سی دونوں کو دیکھنے لگی۔

"امی۔" شاید کانپتی ہوئی آواز میں اس نے پکارا بھی تھا۔

نادیہ نے اپنے دونوں ہاتھوں کے ایک جھٹکے سے شاہد کے ہاتھوں کو اپنے شانوں سے ہٹایا اور مسہری سے اُتری۔ ابھی اُس نے پاؤں فرش پر رکھے ہی تھے کہ شاہد نے

پوری طاقت سے ایک زور کا تھپڑ اس کے منھ پر جڑ دیا۔ وہ چیخ مار کر منھ کے بل مسہری پر گر پڑی۔ اُس کے گھٹنے مسہری کے بان سے ہوتے ہوئے زمین سے لگ گئے۔ ثمرین ہچکیاں لے کر روتی ہوئی، باپ کی جانب خوفزدہ نظروں سے دیکھتی ماں کی طرف بڑھی تو شاہد کمرے سے باہر نکل گیا۔

"امّی۔۔۔ امّی۔۔۔" اُس نے ماں کا چہرہ اپنی طرف موڑا تو دیکھا کہ امی کی ناک سے خون بہہ رہا تھا۔ وہ لپک کر غسل خانے سے تولیہ لے آئی اور ماں کی ناک اور چہرہ صاف کرنے لگی۔ ماں کے گال پر انگلیوں کے سرخ نشان آبلوں کی مانند اُبھر آئے تھے۔

"ثمرین۔" نادیہ نے لرزتی ہوئی آواز میں کہا اور زور سے کراہ کر دونوں ہاتھوں سے اپنا پیٹ تھام لیا اور بلک بلک کر روتی ہوئی فرش پر آ گئی۔ ثمرین بے بسی سے روتی ہوئی ماں کو دیکھتی رہی اور اپنے ہاتھوں سے اُس کے آنسو پونچھتی رہی۔ ماں کی ناک سے خون بہنا بند ہو گیا تھا۔۔۔ مگر یہ کیا؟۔۔۔ ماں کے پیروں کے پاس اتنا خون۔۔۔؟

"امّی، کیا ہوا۔۔۔ پیر میں بھی چوٹ۔۔۔ کیسے لگی ہے۔۔۔ دکھایئے۔۔۔ میں پٹی کرتی ہوں۔"

ثمرین ماں کا چہرہ ہاتھوں میں لے کر اُس کی اشکبار آنکھوں میں دیکھتی ہوئی اپنے جواب کا انتظار کرتی رہی مگر امی درد سے کراہتی رہی اور ہچکیاں لیتی رہی۔

ثمرین کچھ نہیں سمجھی تھی۔۔۔ حیرت سے امّی کے پچکے ہوئے پیٹ کو دیکھ کر چپ چاپ سوچوں میں گم ہو جاتی۔۔۔ ایک بار امی سے پوچھا تھا تو امّی بہت غمزدہ ہو گئی تھی۔۔۔ دوبارہ اُس نے امی سے کبھی نہیں پوچھا۔

چھ ماہ کا حمل ضایع ہونے سے نادیہ کی جان کو خطرہ لاحق ہو گیا تھا۔ دوبارہ ماں ہو

جانے کی امید بھی جاتی رہی۔ پیٹ کے اندر Infection بھی ہو گیا تھا جس کے لیے اُسے مہینوں Antibiotics کھانا پڑے تھے۔ کوئی سال بعد وہ پوری طرح صحت یاب ہو گئی مگر پھر بھی جسم میں خون کی کمی قائم رہی۔

گھر کا ماحول آسیب زدہ سا ہو گیا تھا۔

وقت پر لگا کر اُڑتا رہا۔

نادیہ کے اس درجہ تکلیف اٹھانے کے باوجود بھی شاہد کا برتاؤ نہیں بدلا تھا۔ برسوں سے وہ مستقل طور پر ثمرین کے کمرے میں ہی رہ رہی تھی۔ ادھر ہمیشہ سے اپنی صحت پر فخر کرنے والے شاہد کو اچانک بخار نے آلیا۔ بخار بھی ایسا کہ ٹوٹنے کا نام ہی نہیں، پیٹ میں رہ رہ کر درد اُٹھتا تھا۔ گولیاں وغیرہ آزمائی گئیں۔ فیملی ڈاکٹر کا نسخہ بھی کارگر نہ ہوا تو اُس نے خون کی جانچ کا مشورہ دیا۔ ان دنوں شاہد نسبتاً کم غصہ کرتا تھا۔ گھر میں تناؤ کچھ کم تو ہو گیا تھا مگر نادیہ کو ایسا محسوس ہوتا جیسے یہ خاموشی کسی آنے والے طوفان کا پیش خیمہ ہو۔ جیسے وہ جان بوجھ کر چپ رہتا ہو۔ وہ کبھی کبھی نادیہ کو بغور دیکھتا اور دیکھتا چلا جاتا۔

نادیہ کسی فرض سے نہیں چوکتی، اس کی خدمت میں لگی رہتی۔ کبھی شوربہ تیار کر رہی ہے، کبھی پھلوں کا رس نکال رہی ہے۔ بار بار ثمرین کو شاہد کے پاس روانہ کرتی کہ اسے کچھ ضرورت تو نہیں ہے۔ اُس کے کمرے میں مسلسل Room Freshener چھڑکتی رہتی۔

اصل میں شاہد کو برسوں سے پائیریا کا عارضہ تھا۔ اُس کے مسوڑھوں سے خون رستا تھا۔ کبھی زیادہ کبھی کم۔ اُسے بار بار کلّی کرنا پڑتی تھی ورنہ اُس کے سانس سے کچھ زیادہ بدبو آنے لگتی۔ بستر پر پڑے رہنے سے سارے کمرے میں تعفن پھیلا رہتا تھا۔ جس سے نادیہ کو ابکائیاں سی آتیں مگر وہ چپ چاپ سب برداشت کرتی۔ حالانکہ وہ اس تعفن کا خود

کو کبھی بھی عادی نہیں کر پائی تھی اور اُسے برداشت کرنے کا وہ مجبور مرحلہ جس سے بچنا اُس کے لیے ناممکن ہو جاتا تھا، ہمیشہ سوہانِ رُوح ثابت ہوا تھا کہ رِشتے کا یہ تقاضا نادیہ کے احساسِ مظلومیت کو پاتال کی قید جیسا بے دست وپا معلوم ہوتا تھا۔ ادھر کچھ برسوں سے الگ کمرے میں رہنے سے اسے اس بدبو سے نجات حاصل ہوئی تھی مگر شاہد کی بیماری کے دنوں میں وہ نہایت مستعدی سے اس کی تیمار داری میں منہمک تھی۔ اسے اور کچھ نہیں سوجھتا تھا۔

خون کی جانچ کے نتیجے کے روز ڈاکٹر نے نادیہ کو فون کر کے تجربہ گاہ بلایا تھا۔ اور اکیلے آنے کی تاکید کی تھی۔

شاہد HIV Positive تھا۔ مگر وہ اس بات پر یقین کرنے کو تیار نہیں ہوا اور دوسری جگہ سے خون کی جانچ کروائی گئی۔ نتیجہ وہی تھا۔

پھر اُس کا باقاعدہ علاج شروع ہو گیا۔ انجکشن، دوائیں، ہمدردی، خدمت، سب کچھ میسر تھا اُسے۔ مگر ان چیزوں سے اُسے سکون ملنا ناممکن تھا۔ وہ اب چڑچڑا بھی ہو گیا تھا۔

جب سے نادیہ کے خون کی جانچ صحیح نکلی تھی، شاہد کا رویہ ایسا ہو گیا تھا جیسے اس کی بیماری کے لیے نادیہ ہی ذمہ دار ہو۔

ملنے والوں کو معلوم ہوا تو کنارہ کش ہو گئے۔ شاہد اب کبھی گھر میں ہوا کرتا کبھی ہسپتال میں۔ نادیہ ہر وقت اس کی دیکھ بھال میں لگی رہتی۔

کئی مہینوں سے لگاتار ہسپتال میں رہنے کے بعد آج مدّت بعد ڈاکٹر نے اسے گھر لوٹنے کی اجازت دی تھی۔

"تم کیا تیمار داری کا ڈھونگ رچاتی ہو۔۔۔ انتظار میں ہو گی کہ میں مروں اور تم جلد سے جلد دوسری شادی کروں۔" ایک دن نادیہ کے ہاتھ سے جوس کا گلاس لیتے ہوئے

شاہد نے کہا۔

"مگر یاد رکھنا۔۔۔ تم سے کوئی شادی نہیں کرے گا۔ سب جانتے ہیں کہ تم دوبارہ ماں نہیں بن سکتی۔ بانجھ ہو تم بانجھ۔۔۔ سمجھیں؟۔۔۔"اُس نے نفرت سے منھ پھیر لیا اور نادیہ اُسے پل بھر دیکھتے رہنے کے بعد کسی کام میں مشغول ہو گئی۔

"ہاں کوئی بوڑھا، لنگڑا لولا ہو تو بات دوسری ہے۔۔۔ کب کر رہی ہو شادی۔۔۔؟" وہ حلقوں میں دھنسی آنکھوں کو پھیلا کر بولا۔۔۔ نادیہ نے کوئی جواب نہ دیا۔

"بولو۔۔۔" وہ غصے سے چیخا۔

"کیا کہہ رہے ہو۔۔۔ اپنے حواس کھو چکے ہو کیا۔"اُس نے تڑپ کر کہا۔

"سبھی عورتیں ایسا ہی کہتی ہیں۔۔۔ مگر ادھر شوہر کی آنکھ بند ہوئی، اُدھر وہ نیا خاوند تلاش کرنے نکل کھڑی ہوئیں۔"

نادیہ منھ پھیر کر چپکے چپکے رو دی۔

اُس روز وہ شاہد کو معائنے کے لیے ہسپتال لے گئی تو ڈاکٹروں نے اسے دوبارہ داخل کر لیا۔

جانے اُس روز ڈاکٹر نے نادیہ سے کیا کہا کہ دوپہر میں کچھ دیر کے لیے جب وہ گھر آئی تو ثمرین کو گلے سے لپٹائے کتنی ہی دیر وہ گم سم بیٹھی رہی۔

ہسپتال پہنچی تو ڈاکٹر، شاہد کو درد سے نجات کے لیے انجکشن لگا چکا تھا۔ شاہد بے ہوشی کے عالم میں تھا۔ نادیہ نے اس کا چہرہ گیلے تولیے سے صاف کیا۔ ہمیشہ کی طرح اس کے بالوں میں کنگھا کیا۔ آج سے پہلے نادیہ کا چہرہ کبھی اتنا بجھا ہوا نہیں تھا۔ آج وہ پتھر کا متحرک بت معلوم ہو رہی تھی۔

شاہد ہوش میں آیا تو نادیہ نے اُسے جوس کے گلاس کے ساتھ دوا کی ٹکی بھی دی۔

"زہر تو نہیں دے رہی ہو کہ تمہاری جان کا عذاب ختم ہو۔" شاہد دوا کی طرف دیکھ کر طنزیہ بولا۔ نادیہ نے کوئی جواب نہ دیا اور نہ ہی منھ پھیرا۔۔۔ چپ چپ سی اُسے دیکھتی رہی۔ شاہد کا چہرہ آج سفید پڑ گیا تھا، چہرے کی تقریباً تمام ہڈّیاں ابھری ہوئی تھیں۔

"اس طرح گھور کیا رہی ہو؟۔۔۔ کیا میں بدصورت لگ رہا ہوں۔۔۔ یا نیم مردہ نظر آرہا ہوں۔" وہ غصے سے بولا۔

"نہیں۔۔۔ ایسا کچھ نہیں۔۔۔ ایک گلاس اور دوں۔" وہ دھیرے سے بولی۔

"نہیں۔" وہ برجستہ بولا اور بغور اُسے دیکھتا رہا۔

دوسری صبح جب نادیہ آئی تو وہ خاموش اُسے دیکھتا رہا۔

"میرے قریب آؤ۔۔۔" اُس نے آہستہ سے کہا۔

نادیہ اُسے چونک کر دیکھنے لگی۔

"گھبراؤ نہیں۔۔۔ میں کچھ نہیں کہہ رہا۔۔۔" وہ کچھ نرمی سے بولا۔ نادیہ اسے حیرت سے دیکھتی رہی۔

"میں تمھارا چہرہ چھونا چاہتا ہوں۔۔۔ چھونے سے انفکشن نہیں ہوتا۔" نقاہت کے مارے اُس نے سر پلنگ سے ٹکا دیا۔ اُس کا سانس بے ترتیب ہو رہا تھا آنکھیں مند رہی تھیں۔

"ہو سکتا ہے یہ میری آخری خواہش ہو۔۔۔ تم سے میں۔۔۔ آخری مرتبہ کچھ مانگ رہا ہوں شاید۔" شاہد نے آنکھیں کھول کر نادیہ کی طرف ملتجیانہ دیکھ کر کہا۔

"مجھے ڈر لگ رہا ہے۔۔۔ ایسا مت کہو۔۔۔ نادیہ کھڑکی سے باہر دیکھنے لگی۔

"کس بات سے۔۔۔؟ میری خواہش سے یا میرے اندیشے سے۔" وہ مسلسل اس کے چہرے کی طرف دیکھتے ہوئے بولا۔ نادیہ نے پلٹ کر اسے دیکھا۔ شاہد کے چہرے پر

کچھ طلب، کچھ التجا، کچھ حسرت، کچھ محرومی اور جانے کون کون سے جذبات ایک ساتھ نظر آ رہے تھے۔

نرس نے وقت ختم ہونے کا اعلان کیا تو وہ اپنی جگہ سے کھڑی ہو گئی۔ اور شاہد کو دیکھتی رہی۔ وہ اب ادھ کھلی آنکھوں سے اسے دیکھ رہا تھا۔ نادیہ نے ایک قدم اس کی طرف بڑھایا تو شاہد کے چہرے پر ہلکی سی مسکراہٹ پھیل گئی۔ اس کی بائیں طرف کی پہلی داڑھ پر خون لگا ہوا تھا۔ نادیہ کے چہرے پر عجب محرومی بھری یاسیت چھائی ہوئی تھی۔

وہ آگے بڑھ کر پلنگ کے کنارے پر بیٹھ گئی تو شاہد دھیرے دھیرے اس کی طرف جھکا اور اپنے دونوں کپکپاتے ہوئے ہاتھوں سے اُس کے رخسار تھام کر اُس کے چہرے پر جھک گیا۔ نادیہ اس کی آنکھوں میں دیکھتی رہی۔۔۔ شاہد نے اپنی پوری طاقت صرف کر کے اپنے ہاتھوں کی گرفت اس کے چہرے پر مضبوط کر دی۔ وہ اُس کے لب کو دانت سے کاٹنے کی کوشش میں جب زور سے دباتا چلا گیا تو نادیہ نے چیخ کر ایک جھٹکے سے خود کو اُس کی گرفت سے آزاد کر الیا۔

اُس کا دل زور زور سے دھڑکنے لگا۔ اگر اُس کا ہونٹ ایک ذرا سا بھی زخمی ہو جاتا تو۔۔۔ تو شاہد کے مسوڑھوں کا۔۔۔ خون۔۔۔

اُس نے زندگی میں پہلی بار شاہد کی طرف حقارت سے دیکھ کر زمین پر تھوک دیا اور بھاگ کھڑی ہوئی۔

٭٭٭

مجسمہ

عظمیٰ چیخ سن کر پلٹی تو دیکھا کہ اُس کی سات سالہ بیٹی کا چہرہ سفید پڑ رہا ہے۔ بہت عرصے بعد آج صبح ہی اُس نے نوٹ کیا تھا کہ عُنّاب کے رخسار پہلی بار گہرے گلابی نظر آنے لگے تھے۔

"کیا ہوا بِٹیا؟" عظمیٰ مختصر سے پتھریلے زینے پر ٹھہر گئی اور پلٹ کر عنّاب کی طرف دیکھا تو عناب بھاگ کر اُس کے گھٹنوں سے لپٹ گئی۔

"وہ۔۔۔ وہ۔۔۔ مجسمہ چلنے لگا ہے امّی۔ وہ میرے پیچھے پیچھے آ رہا ہے۔۔۔ وہ۔۔۔ وہ۔" عُنّاب پر کپکپی طاری تھی۔

"نہیں بیٹے۔۔۔ آپ کو کوئی غلط فہمی ہوئی ہے۔" عظمیٰ نے جھک کر اُس کے آنسو پونچھے۔ اُس کے ماتھے پر آ رہے بالوں کو ایک ہاتھ سے سنوارا اور دوسرے ہاتھ سے اُسے لپٹائے رکھا۔ مگر اُس کا ہاتھ اُس کے رخسار کے قریب ہی ٹھہر گیا اور وہ خود کسی پتھر کے بُت کی طرح اُس منظر کو دیکھتی رہ گئی، جسے اُس کی عقل کسی صورت بھی قبول کرنے پر تیّار نہ تھی۔

اُس دن بچّے جھیل کی سیر کے بعد بیحد اُداس تھے۔ عظمیٰ اُنہیں کسی ایسے مقام پر لے جانا چاہتی تھی جہاں اُن کا جی بھی بہل جاتا اور اُن کے تجسس کی تسکین بھی ہو جاتی۔ عظمیٰ خود کو اُن کا مجرم سمجھ رہی تھی۔ مگر اُس کا بھی کوئی قصور نہ تھا۔

"وہاں کی جھیلیں بہت خوبصورت ہوتی ہیں۔" عظمیٰ نے اُنہیں سفر کرنے سے کئی دن پہلے سے جھیلوں اور وادیوں کی بہت سی باتیں بتائی تھیں۔

"بڑکل لیک جیسی۔۔۔؟" عنّاب نے پوچھا تھا۔

"نہیں بیٹے۔۔۔ یہ تو مصنوعی ہے۔۔۔ سیاحوں کو attract کرنے کے لیے سرکار نے بنوائی ہے۔"

"تو کیا وہاں کی ساری جھیلیں Natural ہی ہیں۔" عظمیٰ کا دس سالہ بیٹا راحیل بولا۔

"ہاں بیٹے۔ جھیلیں تو قدرت کی ہی بنائی ہوتی ہیں۔ اب چونکہ انسان جھیلیں خود بھی بنا سکتا ہے اس لیے اب بہت سی مصنوعی جھیلیں دیکھنے میں آتی ہیں۔ مگر ہمارے وہاں کی جھیلیں دنیا کی حسین ترین جھیلوں میں شمار ہوتی ہیں۔ اُن کا پانی اتنا شفاف ہوتا ہے جیسے۔۔۔ جیسے۔۔۔"

"جیسے مِنرل واٹر؟" دو میں سے کسی نے کہا تھا۔

"ہاں بیٹا۔۔۔ ایسا شفاف کہ بس۔۔۔ کوئی دس سال پہلے آپ کے ابّو کے ساتھ گئی تھی میں وہاں۔۔۔ جھیل کی سیر کو۔۔۔ شکارے میں بیٹھ کر۔ پانی اتنا صاف تھا کہ جھیل کی تہہ میں اُگی آبی گھاس صاف نظر آتی تھی۔ لمبی لمبی۔۔۔ پانی کی سطح تک آتی ہوئی۔ ذرا سا جھانکو تو ہری ہری گھاس میں روپہلی مچھلیاں ادھر ادھر پھرتی نظر آتیں۔ چھوٹی، بڑی بے شمار۔ آپ دیکھیں گے تو حیران رہ جائیں گے۔ جھیل کے کناروں کے قریب جہاں پانی کی نسبت مٹی زیادہ ہوتی ہے وہاں گلابی رنگ کے نیلوفر یعنی۔۔۔ کنول کے بڑے بڑے پھول کھلا کرتے ہیں۔۔۔ اگست کے مہینے میں۔ اُن کے پتّے اتنے بڑے ہوتے ہیں کہ عناب کے چھوٹے سے سر کا چھاتا بن سکتے ہیں۔" عظمیٰ نے عناب کا سر ہاتھ میں تھام کر ہولے سے ہلا دیا۔ دونوں بچے کھکھلا کر ہنس پڑے۔

"پھر اُن مچھلیوں کے شکاری بھی نظر آتے ہیں۔ جانتے ہو کون؟"

"کون؟"

"نیل کنٹھ۔۔۔ اور کون۔۔۔ نیلے، سرخ، نارنجی پروں والے۔ لمبی لمبی چونچوں والے۔ پانی کے بالکل قریب اُڑتے ہوئے اچانک گردن تک پانی میں ڈبکی مار کر جھٹ سے کسی مچھلی کو دبوچ کر "پھُر" سے اُڑ جاتے۔"

"بیچاری۔۔۔ مچھلی۔۔۔" عناب نے اُداس سا ہو کر کہا۔

"یہ تو Food Chain ہے۔۔۔ کوئی نہ کوئی Living Being کسی نہ کسی دوسرے Living Being کو کھاتا رہتا ہے۔" راحیل نے عناب کو دیکھ کر سمجھانے کے انداز میں کہا تھا۔

عظمیٰ کی مسکراہٹ میں محبت جھلکنے لگی۔

"یہ تو ہم شہر کی جھیل کی بات کر رہے تھے۔ وہاں کے قصبوں میں اور بھی بہت سی مشہور جھیلیں ہیں جن کے حسن کا جواب ہی نہیں۔۔۔ ایک تو دنیا کی شفاف ترین جھیلوں میں دوسرے نمبر پر آتی ہے۔"

"پہلی صاف جھیل Supreme Lake ہے نا امّی؟" راحیل نے سر ہلا کر کہا تھا۔

"ہاں بیٹا۔"

بچوّں ہی کی طرح عظمیٰ خود بھی بے قرار تھی۔

کوئی دس برس ہو گئے تھے۔۔۔ اُس نے اُن گلیوں کو نہیں دیکھا تھا جہاں وہ کھیلی تھی۔ وہ خوابوں میں خود کو اُن راستوں پر ٹہلتا دیکھتی جہاں سے گزر کر وہ سکول، کالج، یونیورسٹی گئی تھی۔ اُسے اس ہوا کی خوشبو یاد آیا کرتی جس کی ٹھنڈک اُس کے جسم و جاں

کو تر و تازہ رکھتی تھی۔

کیا دن تھے وہ۔۔۔

وہ ہاتھوں کی محراب سی بنا کہ منھ پر رکھ لیتی اور اپنے کمرے کی درمیانی کھڑکی سے باہر دیکھتی ہوئی منھ سے کک کک کک۔۔۔ کک کک کک آوازیں نکالتی۔۔۔ جانے کس درخت کی کون سی ٹہنی پر ننھے ننھے کیڑوں کو کھوجتا کوئی ہُدہُد اُس کی آواز میں آواز ملا دیتا۔ کبھی وہ بولتی، کبھی ہُدہُد بولتا۔

کھڑکی کے قریب ایک پُرانا پیڑ بھی تھا۔ جس پر سیاہی مائل سرخ شہتوت اُگا کرتے تھے۔ اُس کی شاخوں میں چڑیوں نے گھونسلے بنائے تھے۔ ان کی چہکار سے ہی اکثر وہ بیدار ہوا کرتی تھی۔

ایک دفع جب کرم کشی والوں نے ہر سال کی طرح، ریشم کے کیڑوں کے چارے کے لیے شہتوت کے درخت کی پتوں سے لدی ساری شاخیں اُتار لی تو چڑیا کا ایک گھونسلہ جانے کیسے دو ٹہنیوں کے درمیان ٹکا رہا تھا۔ مسہری پر کھڑے ہو کر عظمیٰ کو سارا منظر صاف دکھائی دیا کرتا تھا۔ چڑیا اپنے بچّوں کے حلق میں چونچ ڈال کر اور سر جھٹک جھٹک کر دانہ اُنڈیلتی۔ اور بچّے پنکھ پھڑ پھڑاتے للچائی للچائی سی چہکار چھیڑے رکھتے۔ عظمیٰ پہروں اُنہیں سنا کرتی، گھنٹوں دیکھا کرتی۔ چڑیا نے کیسے اُڑنا سکھایا تھا اپنے بچّوں کو۔۔۔ قدم بہ قدم۔۔۔ جیسے عظمیٰ نے راحیل اور عُنّاب کو چلنا سکھایا تھا۔ جس طرح اس کی ماں نے اُسے سکھایا یا ہو گا۔

چڑیا ایک بار پھدک کر بچّے کو دیکھتی تو وہ بھی ویسی ہی کوشش کرتا۔ مگر کبھی ایک پنکھ کھولنا بھول جاتا کبھی عدم توازن کی وجہ سے گر پڑتا۔ یا پھر بس۔ چڑیا کی طرف چونچ کیے رہ جاتا۔

چڑیا کے بچّوں نے جب پہلی انفرادی اڑان بھری تھی تو اُس کے کمرے کے درمیان میں لٹک رہے چھوٹے سے فانوس پر آ بیٹھے تھے۔ وہاں کمروں میں سیلنگ فین کم ہی ہوا کرتے تھے بلکہ ہوا ہی نہیں کرتے تھے۔ ضرورت ہی نہیں پڑتی تھی۔

وہ چوکھٹ پر دانہ بکھیر دیا کرتی تھی۔ بچّے شاید اُس کی موجودگی سے کبھی خائف نہ تھے۔

فانوس کی تار کے ارد گرد سوکھی ہوئی چکنی مٹی سے دو ابابیلوں نے سیلنگ سے لگا کر ایک گھونسلہ بھی بنا رکھا تھا۔ خدا جانے یہ مخصوص مٹی کس مخصوص ندّی کے کنارے سے لاتی تھیں یہ ابابیلیں۔ ایک گھونسلے کے لیے ان گنت بار مٹی ڈھونا پڑتی اور مٹی بھی ایسی جیسے اُس میں گوند ملا دیا گیا ہو۔ بھری ہوئی چونچ کی ساری مٹی گھونسلے سے چپک جاتی اور ایک ذرّہ بھی نیچے نہ گرتا۔ کبھی اتوار کو عظمیٰ جب دیر سے بیدار ہوتی تو سیلینگ کے قریب سے یاقوت جیسی چار آنکھیں چمکا کرتیں۔ چپ چاپ دیکھتی ہوئی۔ ابابیلوں نے کبھی اُسے جگانے کی کوشش نہیں کی تھی۔ مگر جب وہ اُٹھ بیٹھتی اور کھڑکی کا پردہ سرکاتی تو وہ لطیف سی چہکار چھیڑ دیتیں۔ جیسے ایک ایک ماترا پر گایا جانے والا کوئی غیر یقینی نغمہ۔۔۔ جن دنوں عظمیٰ اپنے اس کمرے میں اکیلی سونے لگی تھی تو ابابیلوں کی موجودگی نے اکیلے ہونے کا احساس تک اُس کے پاس نہ آنے دیا تھا۔

سفید سینوں اور کالے کالے لمبے پنکھوں والی ابابیلیں۔ جیسے خمیدہ کمر والی ضعیفاؤں نے سفید لباس پر بڑے بڑے سیاہ اوور کوٹ پہن رکھے ہوں۔

کتنی یادیں کتنے سُکھ وابستہ تھے اُس جگہ کے ساتھ۔ دکھ بھی وابستہ ہوں شاید۔۔۔ مگر اُسے یاد نہ تھے۔

"مگر ہم جائیں گے کب امی۔۔۔" عناب نے مچل کر کہا تھا تو راحیل کی آنکھوں میں

سوالیہ سی چمک جگمگائی تھی۔

"آج آپ کے ابو ٹکٹ لے آئیں گے۔۔۔ بس آپ اپنی اپنی پیکنگ مکمل رکھئے۔ کل یا پرسوں ہی نکلنا ہوگا۔۔۔ گھنٹے بھر کی اُڑان۔۔۔ اور ہم اپنے شہر میں۔۔۔"

جب وہ شہر پہنچے تو ہلکی ہلکی بارش ہو رہی تھی۔ ایرپورٹ سے نکل کر سڑک پر آئے تو سفیدے کے لمبے چھریرے درخت دیکھ کر عظمیٰ کی آنکھیں نم ہو گئیں۔

"یہ سفیدے کے درخت ہیں بیٹا۔"

گاڑی کی پچھلی نشست پر اپنے دائیں بائیں بیٹھے بچّوں سے اُس نے کہا۔

"اور وہ بید کے۔۔۔ یعنی Willow۔"

فیروز نے ہاتھ سے سڑک کے کناروں سے ذرا دور باغوں کی طرف اشارہ کیا۔

"ان کی ایک قسم Weeping Willows کہلاتی ہے جو زیادہ نمی والی زمین میں اچھی طرح پنپتی ہے۔

"Weeping کیوں ابّو۔۔۔"

"وہ بیٹا اس لیے کہ اُن کی ساری شاخوں کا جھکاؤ زمین کی جانب ہوتا ہے۔ جیسے کسی پہاڑی سے کوئی جھرنا بہہ رہا ہو۔ ان کو بیدِ مجنوں بھی کہتے ہیں۔۔۔"

"برگد کی طرح؟، جس کی جڑیں اوپر سے نیچے لٹکتی رہتی ہیں۔" راحیل نے کہا۔

"ہاں۔ کچھ کچھ۔"

"لوگ کتنے گورے ہیں۔۔۔ وہ دیکھئے امّی۔" راحیل نے سڑک کے کنارے کی طرف اشارہ کیا۔ جہاں بس سٹاپ پر کچھ طلبا بس کے منتظر تھے۔

"اور Red,Red بھی۔" عُنّاب نے کہا۔

"آپ یہاں رہیں گے تو آپ بھی ایسے ہی سرخ و سفید ہو جائیں گے۔ یہاں کی ہوا تازہ جو ہے۔۔۔ پہاڑوں پر ایسی ہی تازگی نظر آیا کرتی ہے۔۔۔ جب ہم یہاں سے گئے تھے تو راحیل کے رخسار سیب ایسے سرخ تھے۔" عظمیٰ نے اُس کے رخسار پر ہاتھ پھیرا۔

"اور میرے امّی۔۔۔"

"آپ تو پیدا ہی نہیں ہوئی تھیں۔Metro Polis اور گرم آب و ہوا میں رہ کر ہم سب ہی سانولے سلونے ہو گئے۔۔۔" عظمیٰ ہنس دی۔

چھٹیاں مہینے بھر کی تھیں۔ ہفتہ بھر رشتہ داروں سے ملاقاتوں میں گزر گیا۔

دوسرے ہفتے کوئی چھ روز ہڑتال رہی کہ کسی دکاندار کو کسی سرکاری محافظ نے محض اپنی انا کی تسکین کی خاطر گولیوں سے بھون دیا۔ اُس کے بعد شہر میں اِدھر اُدھر بم دھماکے ہونے لگے۔ ضروری کاموں کے لیے لوگ قدرت کے بھروسے نکل جاتے مگر گھومنے پھرنے کے خیال سے کہیں جانا۔۔۔؟ بات کچھ بنتی نہ تھی۔

پھر یوں ہوا کہ اُن کی رہائش ہی کے باہر بارودی سرنگ میں دھماکا ہوا۔۔۔ دھماکے والے بھاگ گئے۔ راہگیروں کو پکڑا گیا۔ گھروں کی تلاشیاں ہوتی رہیں۔

تین دن پہیہ جام رہا۔۔۔ اور آخیر ہفتہ بس سوچوں میں گزر گیا۔

واپسی میں دو دن رہ گئے۔ اب تو کہیں جانے کا پروگرام بنانا ہی تھا۔ بچّے جھیل کی سیر کے لیے بیقرار تھے اور ان سے زیادہ عظمیٰ اور فیروز۔

جھیل تک کا راستہ کچھ زیادہ طویل نہ تھا۔ اُن دنوں اُس راستے میں پانچ چھ سرکاری پارک ہوا کرتے تھے۔ اب صرف ایک بچا تھا۔ باقیوں میں قطار در قطار نئے نئے کتبے کھڑے تھے۔ اکثر پر درج عمریں ۱۵ اور ۳۰ برس کے درمیان تھیں۔

وہ لوگ جب جھیل کے قریب پہنچے تو موسم نہایت خوشگوار تھا۔

جھیل کا باندھ کئی جگہ سے ٹوٹ چکا تھا۔ کناروں کے پانی میں چھلے ہوئے بھٹے اور Wafers کے خول تیر رہے تھے۔ پانی گدلا تھا۔

"یہ تو گندی ہے امّی۔۔۔ "عُنّاب نے ماں کی طرف دیکھ کر بے یقینی کے سے تاثرات لیے کہا۔

"یہ کنارہ ہے نا۔۔۔ آگے آگے بالکل شفاف ملے گی جھیل۔" عظمیٰ نے کچھ سوچتے ہوئے جیسے اپنے آپ سے کہا۔ فیروز شکارے والے سے بات کر رہا تھا۔

"ہم شکارے میں بیٹھ کر وہاں تک جائیں گے۔۔۔ وہ۔۔۔ وہ دور جو چھوٹا سا جزیرہ ہے نا۔۔۔ جس میں چنار کے چار درخت ہیں۔۔۔ وہ وہاں۔۔۔ وہاں جاتے ہوئے ہمیں راستے میں بے شمار ننھی مچھلیاں، ہری ہری آبی گھاس۔۔۔ نیل کنٹھ اور سب کچھ دیکھنے کو ملے گا۔" عظمیٰ نے ہاتھ سے دور اشارہ کر کے بچّوں سے کہا۔

ہری بیلوں اور بڑے بڑے سرخ پھولوں والے پردوں اور نرم ربر کی کشادہ سیٹوں والا ایک شکارہ کنارے کے زینے سے لگا ان کا منتظر تھا۔۔۔ شکارے کا نام لیک برڈ (Lake Bird) تھا۔

بچّے گاؤ تکیوں سے لگ کر بیٹھ گئے۔ عظمیٰ اور فیروز آگے والی نشست پر بیٹھے اپنے اطراف دیکھ رہے تھے۔۔۔ کوئی دو ایک شکارے دور دور نظر آ رہے تھے۔

"رونق کتنی کم ہو گئی ہے"۔ عظمیٰ نے رونق کے غائب ہونے کی جگہ رونق کم کہا تو فیروز کے ہونٹوں پر پھیکی سی مسکراہٹ پھیل گئی۔

کشتی کے آگے بڑھنے کے ساتھ ساتھ عظمیٰ کے دل کی دھڑکن بڑھتی جا رہی تھی۔

کتنی یادیں وابستہ تھیں اس جھیل کے ساتھ۔۔۔ وہ اپنے ابوّامّی اور بہن بھائیوں کے ساتھ ایک بڑی سی گھر نما کشتی میں، عمدہ پوشاک پہنے، سامانِ خورد و نوش سے لیس جھیل کی سیر کو نکلی ہے۔ کناروں پر مغل باغات کی سیر بھی کی جائے گی۔۔۔ ابوّ کتنی مصروفیت کے باوجود چھٹی کے روز سب کو سیر پر لے جاتے تھے۔

اب ابوّ بھی نہیں رہے۔۔۔ میلے کا سا سماں ہوا کرتا تھا۔ مقامی لوگوں سے لدی کشتیاں، ملکی اور غیر ملکی سیاح۔۔۔ کوئی موٹر بوٹ پر جھیل کے پانی میں زور و شور سے لہریں پیدا کرتا ہوا جا رہا ہے کوئی Water Skiing کر رہا ہے۔ ہنی مون پر آئے جوڑے شکاروں کے پردے برابر کیے عہد و پیمان میں مصروف ہیں، کہیں پیراکی ہو رہی ہے، کہیں کسی فلم کی شوٹنگ چل رہی ہے۔۔۔ کسی پھولوں سے لدی کشتی کو کوئی گل رخ حسینہ کھیتی ہوئی پھول بیچ رہی ہے۔ ان پھولوں میں گلِ نیلوفر اپنے حسن و جسامت کی بنا پر سب پھولوں کا بادشاہ معلوم ہوتا ہے۔۔۔ اُس کے ساتھ گلاب، نرگس، گیندا، موگرا، چمبیلی اور جانے کون کون سی قسم کے پھول ماحول کو معطر کیے ہوئے ہیں۔ کسی کشتی پر پھلوں اور سبزیوں کی بہار ہے۔ جھیل میں تیرتے باغیچوں میں اُگی سبزیاں اور ایک سبزی جو پانی میں اُگا کرتی ہے۔ نیلوفر کے پھول کا موسم ختم ہو جانے پر اُس کے درمیان کا حصہ جہاں ننھی ننھی پتیاں اُگی ہوتی ہیں، رفتہ رفتہ پروان چڑھتا ہے اور کمل ڈوڈہ کہلاتا ہے۔ جس میں نرم و نازک لذیذ گریاں ہوتی ہیں اور اسی نیلوفر کی ڈنڈی بڑی ہو کر، کمل ککڑی، بھیں یا ندور کہلاتی ہے۔ جو ایک مرغوب سبزی ہے۔ جھیل کے کناروں پر ہی ایک مخصوص قسم کی گھاس بھی اُگتی ہے جس کی شاخیں نہیں ہوتیں۔ اس کی چٹائیاں بُنی جاتی ہیں۔ ان چٹائیوں پر مٹی بچھا کر اسے قابل کاشت بنایا جاتا ہے۔ ان تیرتے ہوئے باغیچوں میں اُگی سبزیاں حیاتین سے پُر ہوتی ہیں۔ عظمیٰ نے سنا تھا کہ اس طرح کے تیرتے ہوئے باغ

وادی کے علاوہ دُنیا میں صرف جنوبی امریکہ میں 'پیرو کی ٹٹیکا' جھیل میں پائے جاتے ہیں لیکن وہ قدرت کے بنائے ہوئے جزیروں پر انسان نے لگائے ہیں، جانے کیسے تیرتے ہوں گے وہ جزیرے۔ اُن پر بھی سبزیاں اُگائی جاتی ہیں۔ مگر وادی کی جھیلوں، ڈل، وُلر وغیرہ پر تیرنے والے باغیچے انسان کے ہاتھوں کا کرشمہ ہیں۔۔۔ آج پھلوں پھولوں والی کوئی کشتی نظر سے نہیں گزری ابھی تک۔

عظمیٰ سوچتی۔۔۔

یہ ملاح کتنی سست رفتاری سے نیّا کھے رہا ہے۔ جیسے اُداس ہو۔ ایک دوسرے پر سبقت لے جانے کے لیے کوشاں، پُر جوش ملاحوں کی کشتیوں میں بیٹھنا ایک الگ ہی لطف دیتا تھا۔

کہیں کیوں نظر نہیں آرہی تھیں آج یہ سب چیزیں۔؟۔۔ کیوں۔۔۔؟ہاں وہ جانتی تھی کیوں۔ مگر سمجھنے سے قاصر تھی۔ دور کنارے پر کہیں کنول کے پھول کِھلے ہوئے تھے۔

عظمیٰ حیرت سے دیکھنے لگی۔

یہ تو اگست میں کِھلا کرتے تھے۔ جون میں ہی کیسے۔۔۔ ہاں کرۂ ارض کی حرارت بڑھ جو گئی ہے۔۔۔ اسی لیے۔۔۔ اس دفع دوپہریں کچھ گرم بھی تھیں۔۔۔ عظمیٰ کو کئی بار خیال آیا تھا کہ یہاں بھی گرمی سے نپٹنے کا کوئی انتظام کیا جانا چاہیے۔ نئے مکانوں میں اسی لیے اب سیلنگ میں پنکھے لگائے جا رہے ہیں۔۔۔ بھٹے، اخروٹ وغیرہ جو اکتوبر میں پکا کرتے تھے۔۔۔ فروخت ہو رہے ہیں۔۔۔ ساری دنیا ہی بدل رہی ہے۔۔۔ عظمیٰ آسمان کو دیکھنے لگی۔

مگر جھیل تو نہیں بدلی۔۔۔ اسے یکلخت خیال آیا تو وہ جھک کر پانی کو دیکھنے لگی۔ کشتی

کنارے سے خاصی دور آگئی تھی۔۔۔ مگر پانی۔۔۔

عظمیٰ کے اندر چھن سے کچھ ٹوٹا اور ریزہ ریزہ بکھر گیا۔ وہ پانی کو دیکھتی چلی گئی۔ پانی مسلسل ویسا ہی نظر آرہا تھا جیسا کناروں کے قریب تھا صرف اُس میں اس وقت اُسے چھلے ہوئے بھٹے اور ویفرس کی خالی تھیلیاں نظر نہیں آرہی تھیں۔

جھیل کا پانی پہلے سے اتنا مختلف تھا کہ اُسے محسوس ہوا وہ کوئی خواب دیکھ رہی ہے۔۔۔ کوئی ڈراؤنا خواب جو ختم ہونے میں نہیں آرہا۔ اُس کے چاروں طرف میلا گدلا پانی تھا۔۔۔ دور دور تک پھیلا ہوا۔۔۔ جیسے پانی میں سیاہی جیسی کوئی چیز گھل گئی ہو۔ گلی سڑی گھاس کے تنکے پانی میں تیر رہے تھے۔ پانی کسی کم گاڑھے دلدل کی طرح معلوم ہوتا تھا۔ محض انچ بھر گہرائی کے بعد، پانی کے اندر کچھ واضح نہ تھا کہ کنارے پر بنے ہوٹلوں اور آبی گھروں کی آلودگی کا نکاس جھیل میں ہی ہوتا اور صفائی کا انتظام نہ کے برابر۔ کہیں کوئی مچھلی نہیں تھی۔۔۔ نہ ہی کوئی نیل کنٹھ۔ بچّے اُس سے جانے کیا کیا سوال کر رہے تھے۔ فیروز انھیں تسلی بخش جواب دینے کی کوشش کر رہا تھا۔ اور وہ شاید اپنے اندر کوئی بکھراؤ سا محسوس کر رہی تھی کہ خود کو سمیٹ کر کسی سے بات کرنا اس کے لیے مشکل ہو رہا تھا۔

کیا صدیوں پہلے کی طرح آج کوئی حکیم سُویہ نہیں پیدا ہو سکتا۔ کیا پھر سے کوئی معرکہ سر نہیں ہو سکتا۔ کتنا مشہور ہے کشمیر کی تاریخ میں سُویہ کا کارنامہ۔ صدیوں پہلے کا کارنامہ۔۔۔ نویں صدی کے ایک راجہ اونتی ورمن کے راج میں ایک دانا درباری حکیم سُویہ ہوا کرتا تھا۔ جہلم جو اُن دنوں وِتستا کہلاتا تھا، گرمی کے موسم میں اکثر و بیشتر طغیانی پر ہوتا کہ دھوپ کی تمازت سے پہاڑوں کی برف پگھل کر وادیوں کی طرف بہہ نکلتی تھی۔ اور کناروں پر بسے گاؤں، شہر سیلاب کی زد میں آجاتے تھے۔ خطے کے شمالی علاقوں میں

ایک حصہ ہر برس جب سیلاب کا شکار ہونے لگا تو سُویہ نے رعایا سے محبت کرنے والے راجہ اونتی ورمن کے خزانے سے اشرفیاں لے کر دریا میں پھینکی جنھیں پانے کی خواہش میں لوگوں نے دریا کی تہہ سے مٹّی نکال کر دریا کو گہرا اور کناروں کو اونچا کر دیا جس سے سیلاب کا خطرہ جاتا رہا۔۔۔ لوگ سُویہ کے اس کارنامے کی وجہ سے اُسے حکیم سُویہ پکارنے لگے کہ اُس کی حکمت سے وہ ایک بہت بڑی مصیبت سے ہمیشہ کے لیے آزاد ہو گئے تھے۔ اس مقام کا نام سُویہ پور رکھا گیا جو رفتہ رفتہ سوپور ہو گیا۔۔۔ عظمٰی افسردگی سے سوچتی رہی۔۔۔ کیا آج کوئی ایسا حکیم۔۔۔ کوئی حاکم۔۔۔ کوئی ہمدرد۔۔۔ کوئی۔۔۔

کشتی کو ہلکا سا جھٹکا لگا تو اُس کے خیالات کا سلسلہ ٹوٹ گیا۔ کشتی کنارے سے لگ چکی تھی۔ بچے بُجھے بُجھے سے تھے۔ فیروز خاموش۔۔۔ اور وہ بے حد اُداس۔ فیروز کو کہیں جانا تھا۔

عظمٰی کی نظر بچّوں کے چہروں کی طرف اُٹھ گئی۔

"عجائب گھر دیکھیں۔۔۔؟۔۔۔Museum?۔"

پتہ نہیں اُس کے ہونٹوں پر مسکراہٹ جیسی کوئی شے کہاں سے آ چپکی۔

"ایک دم پرانے زمانے کی چیزیں۔۔۔ جو آپ نے کبھی نہ دیکھی ہوں گی۔۔۔" اُس نے تاثرات میں اشتیاق پیدا کیا۔

"جی امّی۔۔۔" رحیل نے آہستہ سے کہا۔

"ہم بھی دیکھیں گے۔۔۔" عناب ہلکے سے مسکرائی۔

میوزیم جہلم کے کنارے ایک روح پرور باغ سے لگا ہوا نہایت پر سکون معلوم ہو رہا تھا۔ پھاٹک کے قریب ریت کے تھیلیوں میں محفوظ پہرے دار نے ان کی شناختی پرچیوں کا معائنہ کیا۔۔۔ میوزیم میں داخل ہوتے ہی بچےّ ہشاش بشاش نظر آنے لگے۔

احاطے سے اندر داخل ہوتے ہی ایک پرانے وقتوں کی توپ نے ان کا استقبال کیا۔اُس کے بعد مہاتمابدھ کا ایک قدیم مجسمہ نظر آیا۔ داہنی طرف چھوٹا سا زینہ اتر کر باغیچے کے کنارے سے لگا ہوا ایک بہت بڑا پتھر تھا جو کوئی کتبہ معلوم ہوتا تھا۔ دوسری طرف بغیر سر کی ایک مورتی تھی جس کا جسم نہایت خوبصورتی سے تراشا گیا تھا۔

عمارت کے اندر جانے کا راستہ مختصر تھا اور پتھر کی پتلی لمبی سلوں کو ساتھ ساتھ رکھ کر بنایا گیا تھا۔۔۔ سلوں کے درمیان جابجا ہری ہری گھاس اُگ آئی تھی۔

عمارت میں داخل ہوتے ہی اُن کی نظر سرسوتی کے ایک پر شکوہ مجسّمے پر پڑی، جس کے قدموں کے پاس لکھی عبارت پر دوسری صدی کی کوئی تاریخ درج تھی۔ سرسوتی کا مجسمہ آنکھیں بند کیے پر اسرار سے انداز میں مسکرا رہا تھا۔ شیشے کے ایک بڑے شوکیس میں ایک اور مورتی تھی۔۔۔ یہ مورتی درگا کی تھی جو ایک بہت بڑے دروازے میں جڑی ہوئی تھی۔ غالباً کسی مندر کا حصہ رہی ہو گی اور کھدائی میں دریافت ہوئی تھی۔اُس کے گرد لگے دائرے میں ماتا درگا کے مختلف رُوپ لیے کئی چھوٹے چھوٹے مجسّمے تھے۔۔۔اور یہ سب ایک ہی پتھر کو تراش کر کسی عظیم فن کار نے نہایت مہارت سے بنایا تھا۔

"یہ چھٹی صدی میں رائج تھا۔۔۔ تانبے کا ہے۔" بجھے بجھے سے گائڈ نے عجائب خانے کی سیر کو آئے اکلوتے سیاح کنبے کو بتایا۔ یہ سکہ مجسّمے کے بالکل سامنے شیشے کی چھوٹی سی صندوقچی میں لگا تھا۔

دوسری طرف بھگوان مہاویر کا بہت بڑا مجسمہ جیسے کہ صدیوں سے مراقبے میں بیٹھا تھا۔ کونے میں کالی کی پر جلال مورتی تھی۔ اُس کا ترشول اُس کے پیروں کے پاس پڑے کسی ظالم کے سینے میں پیوست تھا۔

ہال کا آخری سِرا ایک مستطیل کمرے کے ساتھ جوڑا گیا تھا۔۔۔ جس میں چھوٹے سے دروازے سے گزر کر ہی داخل ہوا جاتا۔

اُس کمرے میں مختلف اوزار اور ہتھیار تھے۔ شیشے کی الماریوں میں بند۔ جن کے کونوں پر سَن، حاکم کا نام وغیرہ درج تھا۔

راحیل اور عناب انھیں نہایت دلچسپی سے دیکھ رہے تھے۔

چھ چھ فٹ لمبی بندوقیں۔۔۔ ذرہ بکتر۔ کچھ ہاتھی دانت کے دستے والی تلواریں تھیں۔ مخصوص امراء وزراء کی۔ کچھ پر دھات میں چِھلائی سے گل بوٹے بنے ہوئے تھے۔

قافلہ دوسرے ہال میں داخل ہوا۔۔۔ وہاں کی اشیاء بالکل مختلف تھیں۔ مغلوں کے زمانے کے غالیچے۔ پشمینے کے قالین۔۔۔ شاہ توس کی ایک بڑی سی چادر پر مہاراجہ رنبیر سنگھ کے وقت کے شہر کا ایک نقشہ۔ مکمل تفصیل سے بنا ہوا۔ جس میں جھیلیں، بستیاں، کوہ، دریا سب مختلف رنگوں کے ریشمی دھاگوں سے کاڑھے گئے تھے۔

مغلیہ، شاہی پوشاکیں، رومال وغیرہ۔ پیرماشی اور اخروٹ کی لکڑی سے بنی دستکاریاں مختلف دھاتوں کے برتن۔ ہاتھ دھلوانے والا تانبے کا قلعی کیا ہوا بہت بڑا منقش کوزہ اور آفتابہ۔

"اسے کیسے استعمال کرتے ہوں گے امّی؟" راحیل نے پوچھا۔

"کئی کئی لوگ اٹھاتے تھے دونوں کو۔۔۔ بیک وقت کم سے کم چھ چھ آدمی۔" گائڈ نے اُسے بتایا۔

شیشے کے ڈھکن والی لمبی سی میز کے اندر مختلف دھاتوں کے ہاتھ سے بنے زیورات

تھے۔ ان میں کچھ اب بھی رائج ہیں۔ عظمیٰ نے سوچا۔ جیسے کانوں کے بڑے بڑے بالے۔ اتنے بھاری جھمکے کہ ایک دوسرے سے ایک زنجیر کے ساتھ جوڑے گئے تھے۔ وہ زنجیر سر کے اوپر آنچل کے اندر رہتی اور کانوں پر بوجھ نہ پڑتا۔

دھات اور پتھروں سے بنی پازیبیں، مالائیں۔۔۔ کچھ برتن۔ کچھ قدیم کتب کے قلمی نسخے۔۔۔ مغل بادشاہ اورنگ زیب کے ہاتھ سے لکھا ہوا قرآن پاک۔ کچھ قدیم ریاستی معاہدے۔۔۔

اتنی دلچسپ اور اہم اشیاء کو دیکھ کر عظمیٰ اور بچّے کچھ کِھلے سے مطمئن سے نظر آ رہے تھے۔ اور پُر اشتیاق ہر شے کا مشاہدہ کر رہے تھے۔

اس کے بعد کے ہال کو ایک راہداری کے ذریعے دوسری طرف کے ہال کے ساتھ جوڑا گیا تھا۔ بچّے اگلے ہال کی طرف جا چکے تھے۔

عظمیٰ جب وہاں پہنچی تو بچّے نہایت انہماک سے وہاں نسب مجسّموں کو دیکھ رہے تھے۔ یہ مجسمے ریاست کے تینوں خطوں میں رہنے والے لوگوں کے مختلف ملبوسات میں ایستادہ ڈمی کی طرح بنائے گئے تھے۔ مگر قدیم لباس میں۔ بغیر زیورات کے۔ سادہ۔ سادہ سے۔

اپنے بچپن میں بھی عظمیٰ نے انھیں اسی جگہ پر ایسے ہی نسب دیکھا تھا۔ ان کے کپڑے اب بوسیدہ ہو چکے تھے۔ گو کہ نلکیوں کے ذریعہ تمام الماریوں تک پرزرویٹو گیس (Preservative Gas) پہنچائی جاتی تھی مگر یہ مجسّمے الماریوں میں نہیں رکھے گئے تھے۔

سامنے کا دروازہ ایک بڑے ہال میں واہوتا تھا۔ اس میں عنقا اور موجود، دونوں قسم

کے بہت سے پرندوں اور جانوروں کی کھالیں حنوط کر کے اس مہارت سے اصلی شکل میں منتقل کی گئی تھیں کہ نقل کا گماں تک نہ ہوتا تھا۔

شیر۔ چیتا۔ تیندوا۔ مارخور بکرا جس کے سینگ خمدار ہوتے ہیں اور جو بڑے شوق سے سانپ کھاتا ہے۔ اود بلاؤ۔ نیولا۔ بھالو وغیرہ۔ اور اس کے علاوہ وادی میں پائے جانے والے پرندے، چیل۔ کوّا۔ گدھ۔ کبوتر۔ سُن چچُر جو مور سے مشابہ ہوتا ہے کہ اُس کے سر پر تاج تو ہوتا ہے مگر دم نہایت مختصر۔ مختلف قسم کی بطخیں، راج ہنس، بگلے، طوطے، مینا، کستوری، کئی طرح کی بلبلیں اور دیگر اقسام کی چڑیاں۔

اسی ہال میں دوسری طرف اکبر بادشاہ کا چھوٹا سا آدھے دھڑ کا مجسمہ تھا۔ عظمیٰ کو یاد آیا کہ جب وہ بہت چھوٹی سے تھی تو اُس کے چچا نے بنایا تھا۔ چچا بہت لگن سے مجسّمے بناتے تھے۔ انھوں نے اکبر کے تاج پر سونے کے گھول سے نقاشی کی تھی۔ پھر بازو کی تکلیف کی وجہ سے انھوں نے اپنا یہ مشغلہ چھوڑ دیا تھا۔ چچا نے اپنی ایک چہیتی بیوی کا مجسمہ بھی بنایا تھا۔ وہ ان کی دوسری بیوی تھی۔ وہ مجسمہ اب بھی ان کی آبائی حویلی کے کسی گوشے میں محفوظ ہے۔

یہاں کئی مجسمے چچا کے ہاتھوں کے بنے تھے۔ اونی پھرن اور ٹوپی پہنے حُقہ پیتا ہوا آدمی۔ سماوار سے پیالی میں چائے انڈیل رہی تلّے کی کڑھائی والے گریبان کا پھرن پہنے خاتون۔ ہل چلاتا ہوا کسان۔ دودھ بلوتی ہوئی گرہستن وغیرہ، کانچ لگی الماریوں میں محفوظ تھے اور اب بھی ان کی چمک جوں کی توں قائم تھی۔ ویسی ہی جیسے عظمیٰ نے اپنے بچپن میں دیکھی تھی۔

مگر ٹوٹے کانچ کی الماریوں کے اندر کی چیزوں میں کوئی جاذبیت باقی نہیں تھی۔ یعنی

حال کی طرح ماضی بھی اُجڑ سکتا ہے کہ یہاں کی بھی دیکھ بھال ٹھیک طرح سے نہیں ہو رہی تھی۔ عظمیٰ نے ایک گہری سانس لی۔

گائڈ دوسرے ہال تک ساتھ آکر لوٹ گیا تھا۔

وہ اُداس اُداس سی آگے بڑھتی رہی۔۔۔ ایک ایک چیز کو غور سے دیکھتی ہوئی جانے کیا کیا سوچتی ہوئی۔

ہال کے آخری سرے پر جہاں سے برآمدہ نظر آتا تھا، ایک قدِ آدم مجسمہ ایک پرانی چھوٹی سی میز پر ٹکا ہوا تھا۔ جیسے کسی ایسی بیمار لڑکی کی مورت، جو کھڑی رہنے سے تھک کر ذرا سا میز پر بیٹھ گئی ہو۔ سوکھی لکڑی سے ہاتھ پاؤں۔۔۔ گڈھوں میں دھنسی آنکھیں۔۔۔ عظمیٰ نے یہ مجسمہ پہلے کبھی نہیں دیکھا تھا۔ عظمیٰ سوچنے لگی۔ کس قدر عظیم فن پارہ۔۔۔ کسی بلند درجہ فن کار کا بنایا ہوا مجسمہ۔۔۔ وہاں کی ادھیڑ عمر کنواریوں کا ہو بہو عکاس۔ عظمیٰ اس شاہکار کو انگشت بدنداں دیکھتی رہ گئی۔

واہ۔۔۔

جانے مجسمے کی آنکھوں میں کیا بات تھی کہ دل میں درد سا بھر جاتا۔۔۔ اس کی نظریں باہر برآمدے والے راستے پر گڑھی تھیں جیسے وہ کسی کی راہ تک رہا ہو۔

عظمیٰ عش عش کر اُٹھی۔ اور بچّوں کو بلاتی ہوئی عمارت سے باہر نکل آئی۔ راحیل اُس کے پیچھے پیچھے چلا آیا۔

عناب نے پکار کر کہا کہ آرہی ہے۔۔۔

عجائب خانے کے کراہتے ہوئے سکوت میں اُس کی آواز گونج اُٹھی۔۔۔ اونگھتے ہوئے محافظ نے چونک کر اِدھر اُدھر دیکھا تھا۔

عظمیٰ آگے بڑھ گئی۔ ابھی اُس نے پہلے ہی زینے پر قدم رکھا تھا کہ اُسے عناب کی چیخ سنائی دی۔ عناب کا چہرہ پیلا پڑ گیا تھا۔

ادھیڑ عمر کنواری لڑکی کا لاغر مجسمہ پھٹی پھٹی آنکھوں سے دیکھتا ہوا اُنہی کی طرف چلا آ رہا تھا۔

عظمیٰ دم بخود اُسے دیکھتی رہ گئی۔

✳ ✳ ✳